KB149373

디어 리더,
젊은 독자에게 보내는 편지

임유진 지음

xbooks

제가 신문광고를 읽는 것조차 좋아하시던 아버지,
저를 성실한 독자가 되게 해주신
당신께 이 책을 바칩니다.

들어가며

1.

"오로지 인간의 삶만이 소설의 주제가 될 수 있다."

유도라 웰티는 말했다. 소설의 주제까지는 아니어도 모든 것은 인간의 삶에 관한 것이다. 그리고 인간의 모든 것은 삶에 관한 것이 아니면 안 된다.

인간의 삶이라니, 당연한 말인 것만 같고 섹시하지도 않다. 다 아는 거 아닌가 싶기도 하고, 하나마나한 말인 것도 같다. 하지만 우리가 하는 행위는 과연 우리의 삶과 얼마나 가깝게 붙어 있을까? 친구를 만나는 일, 밥을 먹는 일, 돈을 버는 일, 영화를 보고 책을 읽는 일, 이런 것들은 정말 '당연히' 우리 '삶'과 관계된 일일까?

왁자지껄 친구들과 맛있는 밥을 먹고 수다를 떨고 돌아왔는데 집에 오니 마음이 허전하다. 아침마다 억지로 몸을 이끌고 회사에 출근하고 일을 한 대가로 월급을 받는데, 충분치도 행복하지도 않다. 영화도 많이 보고 책도 많이 보는데 다만 보는 그때만 좋을 뿐, 돌아서면 제목조차 생각나지 않는다. 우리 삶을 채우고 있는 이 행위들은 과연 우리 삶과 관련이 있기는 있는 걸까? 만약 아니라면, 우리는 어떻게 다시 우리 삶의 영역을 회복할 수 있을까? 살아가면서 잘 던지지 않는 질문들, '아니 뭘 그런 걸 새삼스럽게?'라고 여기는 바로 그 이야기들, 이미 사는 것도 고단한데 복잡하게 그런 고민까지 하고 살아야 하느냐 볼멘소리가 터져나올 바로 그 이야기들을 나는 하고 싶다. 그리고 나로 하여금 그런 질문과 고민을 가능하게 한 건 다름 아닌 책이다.

다시 한번 유도라 웰티의 말을 가져온다.

"사실 글쓰기 학습은 독서 학습의 일부분이다. 글쓰기는 독서에 대한 강렬한 열정에서 나온다."

글쓰기는 그러니까, 책읽기에서 나온 일종의 부산물이다. 인풋에서 아웃풋이 나온다. 좋은 이야기는 질문을 만들어 내는데, 그 반대도 마찬가지다. 읽기에서 시작하는 글쓰기, 하지만 글쓰다 막힐 때 돌아가는 곳도 읽기다. 읽기와 쓰기는 서로 붙어 있다. 읽기와 쓰기가 가능하게 하는 언어를 통해 우리는 우리의 생각과 감정을 평생토록 경험하며 산다. 책이 한가함으로 소비되고 마는 것이 아니고 우리의 삶에 필수적인 요소가 되는 이유이다. 우리가 평생 경험하는 생각과 감정의 강도와 정도가 언어에 달려 있다. 다른 말로, 책에 달려 있다.

2.

유치원 시절에 한글을 독학으로 깨친 나는, 유치원에서 같은 나이의 아이들 중에서 유일하게 글을 읽는 아이였다. 스크립트를 읽을 수 있다는 이유로 학예회 사회를 보았던 일은 두고두고 나의 본성에 어긋나는 일로 내 기억에 남아 있긴 하지만 한글을 읽게 되면서 내게 새로운 세상이 열린 것은 사실이다. 나는 무엇이든 읽었다. 간판이며, 메뉴며, 성경책이며, 교회 주보며, 친척집 책장에 있는 유행 지난 대중소설이며, 헌책방에서 사는 바람에 이빨 빠진 채 전집이 되지 못한 오래된 백과사전이며, 뭐든 읽었다. 그렇게 열렬한 독자로 살아온 지 어언 30년이다.

책 한 권을 읽으면 거기서 멈추는 법은 없었다. 읽은 책과 비슷한 책, 또는 그것과 전혀 다른 책을 읽었다. 어떤 책은 마치 내가 쓴 것처럼 느껴지기도 했고 어떤 책은 외국어로 쓰여진 책처럼 이해가 안 되기도 했지만 그냥 나는 읽었다. 소년만화, 대중소설부터 노랗게 색이 바랜 철학책까지 그저 읽었다. 그러면서 나만의 책읽기/책고르기 방식을 터득하기도 하고, 무수히 실패하다가 드물게 인생을 바꾸는 책을 만나기도 했다.

그러나 나의 첫직장이 출판사가 된 것은 내가 책을 얼마나 많이 읽었느냐와는 다소 무관했다. 그것은 내가 책을 어떻게 읽느냐와 좀 더 상관이 있었다. 나는 책을 '나를 바꾸는' 수단으로 읽었다. 나를 바꾸었으니 남도 바꾸겠지, 하는 생각이 있었다. 실제로 화분 기르기를 성공한 적은 없지만, 좋은 책을 읽으면서 나의 정신을 확장하는 일은 마치 나라는 꽃에 물을 주고 예쁘게 길러내는 일과도 같았다. 나는 책을 통해서 모르는 것을 알게 되고 두려움을 극복하기도 했고 친구를 이해하게 되기도 했다. 스스로를 좀 더 이해하게 되었고, 죽음을 바라볼 수도 있게 되었다. 독자로서의 나의 삶은 곧 나를 돌보는 과정이었다.

3.

이 책이 '젊은 독자에게 보내는 편지'라는 부제를 달게 된 이유는 이렇다. 나는 우리 모두가 독자라고 생각한다. 젊은 독자라 함은 마음이 젊은 독자를 말한다. 물리적 나이와는 상관없이 여전히 마음이 열려 있고, 새로운 것에 나를 열어 보일 준비가 되어 있는 사람들 말이다. 내가 한글을 깨치며 새로운 세상을 만나게 되면서 비로소 나 자신을 돌볼 수 있었던 것처럼, 다른 젊은 독자들 역시 새로운 세상에 몸과 마음을 열고 자신을 돌볼 수 있기를 바라는 마음으로 이 책을 엮었다. 30년 독자 경력과 10년이 넘는 편집자 경력의 교집합에서 글쓰기와 책읽기에 대해 할 말이 자꾸만 생겨나서 '디어리더'라는 이름으로 엑스플렉스 블로그와 홈페이지에 실었던 글들을 모았다. Dear Reader라는 이름으로 시작했지만 쓰다 보니 사실 Dear Writer와 다르지 않았다. 그러니까, 이것은 ──

자신과 세상을 읽고 싶은 사람들, 글쓰고 싶은 사람들에게 보내는 편지이다.

목차

디 어 리 더 ,

마지막 자연수는 없다

사랑, 우정, 믿음, 이해, 헌신… 이런 말들은 도대체 무슨 의미일까? 우리 삶에서 진짜로 이런 말들을 쓴다는 것은 어떤 의미일까? 사랑한다고 말할 때, 너를 믿는다고 말할 때, 너의 마음을 안다고, 내가 다 이해한다고 말을 할 때, 이것들은 진짜, 무슨 뜻일까? 자본주의가 우리에게 가르친 것은 "얼마면 돼?" "그거 돈 돼?" 하는 질문들이거늘, 이 화폐가치 없는 개

넘들은 과연 지금 우리에게 어떤 의미가 있을까 나는 묻고
싶다.

일을 한다는 것

돈을 벌기 위해 일을 한다. 인간이라면 필요한 조건들, 그것
들을 위하여 우리는 일을 하고 또 한편으로는 즐거움을 얻기
위하여, 성취감을 느끼기 위하여 일을 한다. 어떤 사람들은
일은 그냥 "진짜 삶"을 위해 돈을 벌기 위한 수단일 뿐, 내 진
짜 삶은 퇴근 후에 있다고 말하기도 한다. 직장생활깨나 했
다는 사람들은 일을 할 때 가장 중요한 것은 티를 내는 것이
며, 상사가 나의 공을 반드시 인지하도록 해야 하고, 또한 부
품처럼 일하는 것이 직장생활의 비법이라는 충고를 왕왕 한
다. 모든 직장인들의 일이 소명에 따른 결과는 아니므로 이
말은 회사라는 거대기계의 역학에서 일부 유효하다.

　몇 해 전의 나는 아마도, 머릿속엔 찰리 채플린의 「모던 타
임스」를 떠올리면서 현대화와 자본주의의 비인간화가 어쩌
구 하며 부품처럼 일한다는 것의 무의미함을 논하던 사람이
었을 테지만 지금은 좀 다르다. 내가 하루종일, 1년 내내, 10
년 내내 같은 부품, 같은 나사만 조이는 사람이라 하더라도

그걸 어떻게 조이느냐에 따라서 결과가 달라지므로 나의 일은 중요하다.

일의 의미와 중요성을 이야기할 때 기준이 되는 건 다른 게 아니고 그것이 '결과'를 만들어 내느냐 하는 것. 쟁기로 밭을 갈건, 조립라인에서 나사를 조이건, 클라이언트 앞에서 경쟁 PT를 하건, 청소를 하건, 책을 만들건 어떤 식으로든 결과를 만들어 내는 일은 중요하다. 얼마나 많은 돈을 버느냐, 사람들이 얼마나 알아주느냐가 중요할 수도 있겠지만 적어도 내게 일이 유의미한 이유는 결과를 만들기 때문이다. 내가 그 일을 하지 않거나 제대로 하지 않으면 그 결과가 달라지거나 나빠지기 때문에, 우리가 하는 일은 중요하다.

물론 자본주의 프레임에서 사는 이상 돈을 떼어놓고 생각하기는 어렵다. 그러나 막말로 우리가 돈 벌려고(만) 사는가? ── 우리가 왜 사는지, 왜 일하는지 생각하지 않으면 큰일 난다. 어느 순간 정신을 차리고 보면 돈을 벌어도 불행하고 못 벌어도 불행하다.

"아!" 쥐가 말했다. "세상이 날마다 좁아져. 처음에는 하도 넓어서 겁이 났는데, 자꾸 달리다 보니 드디어 좌우로 멀리에서

벽이 보여 다행이다 싶었어. 그러나 이 긴 벽들이 어찌나 빨리 양쪽에서 좁혀드는지 나는 어느새 마지막 방에 와 있고, 저기 저 구석에는 내가 달려들어가야 할 덫이 있네."

"너는 그냥 달리는 방향만 바꾸면 돼." 고양이가 말하곤 쥐를 잡아먹었다.

— 카프카, 「작은 우화」

배운다는 것

"살아가는 데 진짜 중요한 것들은 추상적인 것들이야." 내가 말했다.

"사람들은 보통 대화할 때 '추상적'이라는 말을 하지도 않아." 친구가 꾸짖듯 말했다.

2005년, 미국의 소설가 데이비드 포스터 월러스는 그랜드 캐년 칼리지에서 「이것은 물이다(this is water)」라는 제목의 졸업연설을 했다.[*]

---

[*] 국내에 『이것은 물이다』(나무생각, 2012)로 출간되었으나 인용한 번역은 졸업연설 원문을 따름.

어느 날 두 젊은 물고기가 헤엄을 치고 있는데 반대쪽에서 헤엄쳐 오는 나이든 물고기를 마주치죠.

"안녕, 젊은이들, 물은 좀 어때?"

지나친 두 젊은 물고기는 좀 더 헤엄을 치다가 문득 멈추고 서로를 보며 말을 합니다.

"물이 도대체 뭐야?"

어른들의 세계에서는 너무 진부하고 재미없어 보이는 것들이, 너무 익숙해서 인식조차 못하고 사는 것들 — 물 — 이 사실상 죽고 사는 문제만큼 중요하다고 그는 말한다. 우리가 졸업장을 받는다는 것, 교육을 받는다는 것은 단순히 우리가 지불한 비용에 대한 물질적 보상이 아니라 '생각하는 법을 배운다'는 의미라는 말을, 데이비드 포스터 월러스는 이 졸업연설에서 하고 있다. 아마 지금 대학을 졸업하는 학생들은 실감이 나지 않을 것이지만, 그러나 너무도 일상적이고 하나 섹시할 것 없는 그런 일상의 지루한 반복 속에서 우리가 교육받고 공부한 결과로서의 '생각'이 요청된다고 그는 말한다. 꽉 막힌 도로에서, 길게 늘어선 계산대 앞에서. 바로 거기에서 우리는 의식을 하고 선택을 하고 생각을 해야 한다고 ─ '짜증이 나는 상황에서 성질을 내고 욕을 할 것이냐, 타인의 사정을 한번 헤아려 볼 것이냐' ─ 말이다. 어떻게 의식적으로 깨어 있을 것인가, 그것이 진짜 생각한다는 의미이고 공부의 의미라는 말을 하는 그는 꾸준히 우리의 현실 ─ 물 ─ 을 인식할 것을 이야기했다. 이것은 결코 과장이 아니고, 추상적인 헛소리가 아니라고 그는 거듭 당부했다. 우리가 사람을 만나고 말과 행위를 하고 일을 하고 밥을 먹고 잠을 자고 컴퓨터에 앉아 있는 바로 지금, 이것이 '물'이다.

살면서 딱히 학업에 뜻이 있는 사람은 아니었지만 나는 어떤 순간을 기점으로 배운다는 것의 의미를 다시 생각하게 되었다. 배우는 건 즐거웠고, 알기 전, 인식하기 전과 그 후의 나는 다른 사람이었다. 보이지 않던 게 보이고, 그렇게 생각하던 걸 그렇지 않게 생각하는 일은 놀라운 경험이었다. 일찍이 배운다는 것은 했던 말을 뒤집는 거라 했던 보들레르의 말마따나 나는 무엇이든 배우면서 했던 말을 뒤집고, 번복하고, 또 다른 말을 했다.

좋게 달라지는 거라고 확신할 순 없지만 여하튼 나는 달라졌고, 달라지고 있고, 그것은 '의식'하고 배움으로써 가능했다. 그리고 그 배움은, 학교 안이나 교과서 속에 있기보다는 그 밖에 있었다. 친구와 수다를 떨고, 좋은 영화나 책을 보고, 일을 하고, 쇼핑을 하고, 산책을 하는 속에서 우리는 배운다. 배움이 일어났다는 사실조차 모르지만 우리는 배우고 있다. 참는 법, 이해하는 법, 공감하는 법, 감동하는 법, 표현하는 법, 대화하는 법 등을 하나하나 서툴게 익혀가고 있는 우리는 우리 자신의 삶에서 언제까지고 학생이다.

그리고 자신의 삶, 자신에게 가능한 세계를 자기 스스로가 직조하고 확장시켜 나감으로써 무한으로 만들 수 있다는 점은, 곰곰 생각해 보면 놀라운 일이다. 이것은 허황되거나 추상적이기만 한 이야기가 아니다. 이것은 자기 삶의 커리큘럼을 새로 만들어 나가는 것에 대한 이야기이고, 자신의 일과 삶과의 관계를 어떻게 완전히 다른 것으로 만들 수 있을 것인가에 대한 이야기이다. 이것은 돈으로는 할 수 없는 것이므로 중요하다(Priceless).

걸어가는 사람은 발걸음을 연달아 옮긴다. 한 걸음을 내디디고 다른 한 걸음을 또 내디디고, 다시 또 한 걸음을 내디딘다. 그는 자신의 발걸음이 한없이 반복될 수 있음을 안다. 원칙적으로 언제나 한 걸음을 더 내디딜 수 있다. 이러한 무한한 반복에서 끝없는 불확정성에 대한 최초의 직관이 나온다. 그것이 바로 잠재적 무한, 언제나 조금 더 나아갈 수 있는 가능성이다. 잠재적 무한은 1, 2, 3… 같은 자연수의 연속성 개념과 맞닿아 있다. 어떤 자연수에는 항상 다른 자연수가 따라 나올 수 있다. 맨 마지막 자연수란 있을 수 없다. 그 수 뒤에도 다른 수가 따라붙을 수 있기 때문이다. 바로 이것이 잠재적 무한의 기본적인 발생과정인 회귀의 원칙이다.

──장 피에르 뤼미네/마르크 라시에즈 레이, 『무한』

마지막 자연수는 없다. 우리는 계속 걸어가며 배우고, 살고 또 배울 뿐이다. 단어장에서 외운 Priceless와 자본주의 속에서 찾아낸 Priceless의 의미가 전혀 다르게 와닿는 것처럼, 계속 그렇게 알던 걸 새로 알면서 내 마지막을 뒤로 무한히 미룬다.

어셔가는 몰락하고 노인은 바다에 간다

약을 올리려는 것은 아닌데, 책을 읽지 않는 사람, 책 읽기를 지루한 일이라고 생각하는 사람에게, 당신의 손을 잡고 책의 세계로 들어갈 수 없어서, 내게는 보이는 이것을 당신에게는 보여 줄 수가 없어서 나는 몹시 안타깝다.

헤밍웨이의 『노인과 바다』는 줄거리만으로 이야기하자

면, 다소 시시할 수밖에 없는 책이다. 노인이 바다에 간 이야 기이기 때문이다. (이쯤에서 나는, 포의 『어셔가의 몰락』을 가 르치던 한 수업시간 장면을 떠올린다. "그래서, 어셔가가 어떻게 되지?"라는 질문에 학생은 이렇게 대답했더랬다. "몰락하는데 요…."*) 자, 줄거리는 잊고 바다로 가보자. 인생에 대한 참혹 하리만큼 담담하고 적나라한 비유로서의 '노인'과 '바다' 이 야기가 보인다.

84일 동안 허탕을 치고도 85일째 고기를 잡겠다고 바다로 나간 노인. 노인이 바다에서 겪은 일들은 오로지 그 혼자만 아는 것이다. 손에 쥐가 나고, 소금이 없는 걸 아쉬워하며 그 굽은 손을 펴기 위해 날것으로 물고기를 씹어 먹으며 기력 을 채운 일, 청새치를 잡았지만 상어들이 달라붙은 것, 그 상 어 몇 마리를 죽이고, 때때로 소년을 그리워한 일. 할 수 있을

---

* "에드거 앨런 포, 알코올 중독자이면서 사촌 여동생하고 결혼했던 포의 『어셔가의 몰 락』은," 그건 아이들의 관심을 유발시키려고 바로 내가 며칠 동안 떠들던 말이었다. … "어셔가가 어떻게 되는데?" 역시 책을 안 읽었음이 분명한 다른 학생들에게 줄거 리를 알려줄 위험을 무릅쓰고 질문을 던졌다. "네, 어셔가가 몰락하는데요." 떠나야 할 때였다. (조너선 캐럴, 『웃음의 나라』, 북스피어, 2006)

거라고 자신에게 소리 내어 말했던 것은 그냥 포기해 버리고 싶은 마음이 컸기 때문이었음을 아는 이는 오로지 노인 혼자뿐이다. 며칠 동안 청새치와 바다에서 전투를 마치고 돌아온 노인을 보고 소년은 마음이 아파 눈물을 흘리지만, 노인에게 무슨 일이 있었는지는 상어가 다 발라 먹고 남은 물고기뼈를 보고도 도무지 짐작할 수 없을 것이다. 오로지 혼자만 아는 것들이 있고, 오로지 혼자서 감당해야 하는 것들이 있다.

"행운을 파는 곳이 있다면 좀 샀으면 싶군." 노인은 말했다. 그런데 무엇으로 사지? 노인은 자신에게 물었다. 잃어버린 작살과 부러진 칼과 망가진 두 손으로 살 수 있을까? … 쓸데없는 생각은 하지 말자, 노인은 생각했다. 행운이란 여러 가지 모습으로 찾아오는데 누가 그걸 알아볼 수 있단 말인가. 그래도 어떤 모습의 행운이든 좀 얻고 싶군. 대가를 치르고라도 말이야.
— 어니스트 헤밍웨이, 『노인과 바다』

행운이나 희망은 여러 가지 모습을 하고 우리를 찾아온다. 청새치의 모습으로, 상어의 모습으로, 혹은 노인을 그렇게도 좋아하고 따르는 소년의 모습으로. 살아 있는 이상 우리는 아무도 모르고, 오로지 자신만이 아는 싸움을 어찌되었건 해야만 하고, 이기건 지건 받아들이고 돌아와 우리의 지친 몸을 뉘여야 할 것이다.

노인이 혼자 벌였던 바다에서의 고군분투는 태어난 이상 가진 것들로 어떻게든 각자의 삶을 살아내야 하는 우리의 인생과 정확히 같다. 그 큰 청새치를 잡았지만 상어에게 빼앗긴 그것 역시 남에겐 아무리 장황하게 설명한다 한들 획득될 수 없는 이해, 억울하지만 억울한 대로 있을 수밖에 없는 우리의 실제 상황들을 의미한다.

우리는 쉽게 이 이야기를 우리의 인생에 대비하여 읽는다. 다른 배는 없고, 가져왔으면 좋았을 것들이 많지만 당장 가진 것은 낚싯줄과 작살뿐이고, 아무도 안 알아주더라도 저 커다란 물고기와의 싸움을 멈추지 않는다. 다른 사람이 대신해 줄 수 없고, 삶에 추가로 더 있었으면 좋았을 것이 많지만 당장 가진 건 충분하지 않다. 누가 알아주건 알아주지 않건 우리는 살아 있는 동안은 싸우며 살 수밖에 없다. 쉽게, 이 간단한 이야기는 우리의 인생 그 자체로 읽힌다. 그러나 세상 어떤 위대한 이야기가 그렇지 않겠는가?

또한 이 이야기는 노인이 고기를 잡고 뭍에 와 사람들에게 보여 주는 것으로 끝나지 않는다. 잡았으나 잃는다. 우리 모두가 인생에서 경험하는 그것과 같다. 이것은 성공인가 실패인가.

보이는 건 보이는 게 다가 아니다. 헤밍웨이의 『노인과 바다』, 이 한 권의 책만으로 그것을 확인했다. 책은 우리를 실제적으로 바다에 데리고 가지 않는다. 그런 의미에서 문자라는 것은 무력하고 무용하다. 그러나 책을 읽고 나서 입속에 짠 기운과 몸의 피로가 가시질 않는다.

책을 읽음으로써 우리는 보이지 않는 걸 보게 된다.

제임스 조이스나 버지니아 울프가 해낸 것은 단순히 '의식의 흐름' 기법이라는 것을 만들고 모더니즘의 계보를 만든 것, 그 이상이다. 시간을 공간으로 만들고 공간을 시간으로 만들고, 읽는 우리를 과거로 보냈다가 현재로 데리고 왔으며 한 알의 모래에서 세계를 본다는 윌리엄 블레이크의 말처럼 우리 주변의 사소한 것들이 곧 모든 것이 되었다. 열린 서랍, 접힌 장갑, 모든 것이 각각의 의미를 가지고 동등하게 우리에게 말을 건다. 절대적으로 중요한 것도, 절대적으로 중요하지 않은 것도 없어진다.

사실 시간은 동화 속처럼 뒤엉켜 있단다

시간은 화살처럼 앞으로 달려가거나

차창 밖 풍경처럼 한결같이

뒤로만 가는 게 아니야

앞으로도 가고 뒤로도 가고

멈춰 서있기도 한단다

…

시간은 모든 것을 태어나게 하지만

언젠간 풀려버릴 태엽이지

시간은 모든 것을 사라지게 하지만

찬란한 한순간의 별빛이지

— 김창완밴드, 「시간」 중에서

　책 속에서, 텍스트 속에서, 독서라는 행위 속에서 우리는 시간도 길도 공간도 잊는다. 이것은 대단히 관념적으로 들린다. 그러나 "우리가 현실로 여기는 것은 텍스트들이고, 우리가 텍스트라고 여기는 것은 해석일 뿐이다. 현실과 텍스트에서 남는 것은 우리가 그것으로 만들어 내는 것밖에 없다"(베른하르트 슐링크, 『귀향』).

어느 날 나는 서교동 내 방안에서 책을 읽다가 문득 고개를 들었는데, 가보지도 않은 미국 중서부의 어딘가에 앉아 있는 느낌이 들었다. 이 느낌은 말로는 차마 설명하기 어렵다. 주인공이 하는 소리가 영어로 들렸고, 길 건너에 사는 토마스나 마크라는 이름을 가진 남자의 집에서 앞치마를 두른 그들의 사랑스러운 아내가 창문에서 나에게 손이라도 흔들어 줄 것 같았지만 그러나 정신을 차리고 보니 내가 있는 곳은 마포였고, 문을 열면 계단과 앞집 문이 다닥다닥 보이는 건물 안이었다. 내가 대단한 공상가여서가 아니라, 그게 바로 책과 활자가 하는 일이다.

여기서, 현실 혹은 진짜는 나의 몸뚱이가 마포 어딘가에 앉아 있었다는 사실일까? 내가 일리노이 주에서 제임스인지, 캐머런인지가 된 듯한 느낌은 단순히 가짜/비현실이었을까? 내가 공감한 주인공의 치욕감이나 배신감은 비단 주인공만의 것이었을까? 이 공감은 허상일까? 이 마음은 도대체 무엇일까?

한 소설가는 외롭기 때문에 글을 쓰고, 또한 외롭기 때문에 책을 읽는다고 말했다. 사람들이 아무리 속을 터놓는다고 해도 내용과 표현이 같을 수는 없다. 외로움이 종종 허기로 착각되곤 하는 것처럼, 우리가 아무리 다양한 어휘와 표현으로 이야기한다 한들 상대와의 대화에서는 좀처럼 본질을 이야기하기 어렵다. 암만 해도 너에게 닿지 않는 느낌, 인간관계에 절망하는 이유다. 이 외로움과 고독감에 책을 읽는다던 작가. 적어도 텍스트로 표현된 것이라면 이해할 수 있다. 언어의 확실성이 보장하는 안심. 그러나 언어는 또한 확실하고 견고한 동시에 너무나도 불확실하다. 위대한 도구인 언어가 있어서 인류는 소통할 수 있지만 그러나 그 도구는 온전치 못하다. 사람들은 왕왕 망치와 나사를 혼동하며 컵과 시계를 착각한다. 내 말은 그게 아니라고 아무리 설명해도 내 말을 알아들을 장치가 너에겐 없기 일쑤고, 그 반대도 마찬가지다. 내 이름은 "덴트, 아서 덴트"라고 할 때 "본드, 제임스 본드"를 참조하지 못하고 "덴트 아서 덴트"라는 이름으로 호명되는 희극은 따라서 코미디인 동시에 비극이다.

소통이라는 말은 이제 농담거리밖에 안 되게 되었지만, 그럼에도 불구하고 우리는 우리 삶에서 공감과 소통이 무엇보다도 중요함을 안다.

'그 사람은 왜 거짓말을 했나, 왜 도망가지 않았나, 왜 이런 말을 했나, 왜 왜 왜…?'

책을 읽으며 캐릭터를 이해하고, 이해하려 노력하는 동안, 그 이해의 대상은 책 속 인물에서 어느덧 현실 속 인물로 바뀌어 있다. 나는 책 속 주인공의 심정을 읽었을 뿐인데 어쩐지 책 바깥에 있던 내 친구의 비밀을 알게 된 느낌도 든다. 책에만 속하고, 책 바깥(현실)에만 속하는 그런 경계 짓기는 애초에 불가능한 과업이고 의식과 현실은 처음부터 다르지 않았다.

킹스크로스역 9와 3/4 정거장에서 그렇게도 호그와트로 가는 길을 찾는 사람들이 많은 것은, 글자는 단순히 글자가 아니라는 것을, 책이 그냥 종이묶음이 아니라는 것을 우리 모두가 알고 있다는 말의 방증이다. 아무리 베이커스트리트 221B번지를 찾는다 한들 그곳에 셜록은 없건만. 우리는 그것을 알지만 모른다.

그러나, 뭐가 진짜고 진짜가 아닌지 구분하는 일이 우리에게 중요했던 적이 있을까? 내게 진짜로 느껴지는 게 진짜고 현실이다. 마포보다는 일리노이가 내게는 현실이던 때가 있었다. 이 말도 안 되는 듯 보이는 일은 역시 책 한 권이 할 수 있는 일이다.

이 얼마나 이상한 일인가. 내가 가진 내 안의 모든 것, 그리고 당신이 가진 전부, 이게 그저 '말'(words)일 뿐이라는 것이.

— 데이비드 포스터 월러스, 『페일 킹』(*Pale King*)

그것은 재능이 아니다

일부 작가들은 재능이 엄청 많다. 내가 아는 작가 중에 재능이 없는 사람은 없다. 그러나 독특하고 적확하게 사물을 보는 방식, 그리고 바라보는 방식을 표현하는 딱 맞는 맥락을 발견해내는 일, 그건 좀 다른 문제다. …모든 훌륭한, 혹은 모든 좋은 작가들은 그 자신만의 생각과 상상에 따라 세계를 창조한다. 내가 말하고자 하는 것은 스타일과 비슷하긴 한데, 오로지 스타일만을 말하는 것은 아니다. 그것은 작가가 쓰는 모든 것에 담긴 그만의 특이하고 빈틈없는 서명과도 같은 것이다. 다른 누구도 아닌 오직 그 작가만의 세계를 만드는 것. 이것은 재능이 아니다.

— 레이먼드 카버, 「글쓰기에 대해」

미국의 단편소설을 이야기할 때 빠지는 법이 없는 레이먼드 카버. 그는 말한다. 세계를 만드는 것은 재능만으로 하는 게 아니라고. 작가가 되는 데에는 타고난 능력이 물론 필요하나, 카버가 이야기하고자 하는 것은 재능이 아니다. 기교나 스타일을 이야기하는 것도 아니다. 사물과 세상을 보고 해석하는 힘, 그리고 자기가 보는 방식대로 세상을 창조해내어 사람들에게 보여 주는 힘. 독자를 만들고 그 세계로 들어오게 하는 힘, 이것은 재능이 아니다. 그리고 이런 세상을 보는 힘은 비단 글을 쓰는 작가에게만 요청되는 사항이 아니다. 아침에 만원 지하철을 타는 직장인, 이상하게 방학은 짧고 시험은 금방 돌아오는 학생들, 마치 처음 만난 소개팅 상대에게 프러포즈를 해버리는 느낌으로 회사에 무턱대고 사랑고백을 하는 취준생들, 그러니까 우리 모두에게 반드시 필요한 것, 바로 세상을 보는 능력이다. 어떤 상황을 어떻게 받아들일지, 어떻게 인식할지를 선택하는 프레임과 렌즈를 장착하는 일, 이것은 재능으로 하는 일이 아니다.

'무슨 일이든 받아들이기 나름'이라는 일상의 표현은 아주 심오하기까지 합니다. 우리는 세상이 먼저 있고 나중에 우리가 그것을 인식한다고 생각하지만, 잘 들여다보면 우리는 우리가 인식하기 때문에 세상이 존재한다는 사실을 알 수 있습니다. 따라서 거듭 말하지만 우리가 모르거나 관심이 없는 것은 존재하지 않는 셈입니다. 그런데 이때 중요한 점은 우리가 해석한 만큼 어떤 대상이 존재한다는 사실이랍니다.
— 오종우, 『예술수업』

길을 걷다가 문득 고개를 들어 하늘을 보았는데 너무 아름답게 느껴질 때가 있다. 지금까지 한 번도 하늘이기를 멈춘 적 없는 하늘이건만, 우리가 고개를 들어 하늘을 보는 순간 그 하늘은 갑자기, 친구에게 저거 보라고, 하늘 좀 보라고, 너무 예쁘지 않냐고, 말을 건네게 만든다. 보고 인식하고 찾아내는 것, 그것은 예술가가 아니라도 작가가 아니라도 할 수 있는 일이다. 다른 누군가가 아닌 바로 나의 눈으로 보고 나의 세계를 만드는 일, 이것은 붓질 실력이나 문장력 같은 것과는 별개의 문제이다. 하지만 우리는 의심한다. 그럼에도 재능이 필요하다고. 그런 건 타고난 사람이나 하는 거라고.

두 천재 예술가가 등장하는 만화가 있다.『허니와 클로버』. 미술대학을 배경으로 벌어지는 젊은이들의 성장드라마라고 할 수 있는데, 이 속에 등장하는 '천재'는 확실히 범인들과는 조금 다른, 기인의 모습을 하고 있기는 하다. 타고난 예술가적 기질과 재능이 당연한 것으로 여겨지는 미술 쪽 분야이니만큼 이 천재들의 작품을 보고 사람들은 물론 감탄을 하고 부러워도 하고 자신들의 평범함을 원망도 한다. 하지만, 사람들은 또한 "한번만 저들의 눈으로 세상을 보고 싶다"는 말을 한다. 아니 쟤들 눈에는 도대체 뭐가 보이는 거지?

나 역시 좋은 작품을 보게 될라치면 그걸 만든 사람의 재능에 감탄하고 부러움을 느끼기보다는(부러움과 질투로 무언가를 바꾸기엔 이미 늦었다는 것을 알기 때문일까!) 그가 보는 세상은 어떤 것일까 다만 궁금하다. 그는 꽃이, 나무가, 하늘이, 바람이, 물이, 어떻게 보일까.

천재를 천재이게 하는 건 재능이 아니다. 세상을 보는 그만의 고유함, 이것은 우리 같은 범인도 문득 예술가로 만들어 준다. 그리고 그렇게 문득 우리 자신이 예술가일 수 있다는 것, 깨달을 수 있다는 것, 우리 삶의 질을 우리가 만들어 나갈 수 있다는 것을 '안다'는 것은 중요하다. 왜냐하면 오늘도 출근길부터 지하철을 반대로 타서 짜증이 나고, 사소한 일로 연인과 다퉈서 마음에 가시가 돋쳤고, 무능한 직장상사 때문에 오른쪽 가슴에 품은 사직서에 손이 열댓 번쯤 갔던 데다가, 스무 곳 넘게 이력서를 넣었건만 어느 하나 연락 오는 데가 없어서 하늘이 무너지는 것 같은 심정으로 방바닥과 일체가 되어 있는 우리는……

우리가 안 그럴 수 있는 존재임을 '아는' 것으로 달라질 수 있기 때문이다. 본다는 것, 생각한다는 것, 산다는 것, 그 모든 게 예술이 되는 순간은 언제라도 시작될 수 있다. 자고로 우리가 해석한 만큼 대상과 세상이 존재하는 법이며, 유진 자렉키(Eugene Jarecki)의 말마따나 사람이 할 수 있는 위대한 일 중 하나는 마음을 바꾸는 일이므로.

과연 프로로소이다

지난 몇 해 동안 세 번의 수술과, 25년째 장복 중인 약과, 로마의 유적지마냥 하루가 다르게 새롭게 발견되는 병증들. 질병계의 총아, 현대의학계의 미스터리…! 나로 말하자면 아픈 것에 있어서는 과연 프로로소이다.

이렇게 말한다고 해서 가녀린 체구로 병상에 누워 창밖의 떨어지는 이파리를 세어가며 기침을 콜록콜록 하는 그런 환자를 떠올리면 곤란하지만, 아팠던 시간이 많은 만큼 생각하는 시간이 많았던 건 사실이다. 수많은 중병환자들에게 원성을 들을 말이긴 하지만, 그럼에도 불구하고 얘기를 하자면, 나는 아픔이, 병이 우리를 다른 사람이 되게 하고 좋은 사람이 되게 할 수도 있는, 판을 바꾸는 요소(game changer)가 될 수 있다고 믿는 사람이다.

정신이 할 수 없는 일을 몸이 해줄 때가 많다. 겁 없이 '만물의 영장'이라는 말을 하고, '생각하는 동물'이라는 말을 하는 인간이지만 몸이 아프면 이성이고 나발이고 모든 게 제로가 된다. 그리고 그 0에서 모든 걸 다시 생각하게 된다. 삶의 의미에 대해, 이유에 대해, 뭘 어떻게 하고 살아야 할지에 대해. 병마와 싸우며 비로소 글을 쓰게 되었다는 상냥한 소설가 로알드 달도 그런 말을 한다. 만약 사고가 없었다면, 아프지 않았다면, 자신에게 그런 비극이 없었다면 아마 글을 한 줄도 쓰지 못했을 거라고.

로알드 달은 2차세계대전 동안 파일럿으로 복무하던 중 비행기 사고를 당했고 그 이후 만성적인 통증에 시달렸는데, 그의 스승이자 친구인 찰스 E. 마시가 중병으로 거동을 못하는 지경에 이르렀을 때 아픈 친구에게 편지를 쓴다. 다음은

로알드 달 전기의 일부다.[*]

나에게 만약 다소간의 불행이 없었다면, 그것들이 내 인생을 조금은 꼬이게 만들어 나를 정상의 홈에서 이탈하게 하지 않았더라면, 내가 과연 글이란 걸 단 한 줄이라도 쓸 수 있었을까 하는 생각을 해요. 만약 그렇지 않았다면, 문장 한 줄을 쓸 수 있는 능력이라는 게 있기나 했을까 하는 생각이요. 물론 당신은 아프기 전부터 이미 철학자였지만, 감히 단언하건대 당신은 아마 두 배로 훌륭한 철학자가 될 거고, 이 모든 게 끝나면 초인적인 철학자가 되어 있을 거예요. 아무것도 아니었던 상태에서 땅꼬마 철학자, 혹은 철학자 비슷한 게 된 바로 나의 경우를 떠올려 봤을 때, 당신이 일반 철학자에서 초인적인 철학자가 될 거란 건 나름 근거가 있는 주장이죠.

…… 내가 말하고자 하는 건 이거예요. 병은 우리의 정신에 좋다는 말이에요. 나중에 생각해 보면 그건 언제고 그만한 가치

* Donald Sturrock, *Storyteller: The Authorized Biography of Roald Dahl*, Simon & Schuster, 2010. 국내에는 『천재 이야기꾼 로알드 달』로 번역되어 나왔고, 발췌는 원서를 따름.

가 있어요. 약간의 수행적인 점도 있고, 자기수양의 측면도 있고 또, 공포도 있죠. 그리고 이것들은 아마도 지금껏 당신이 겪어 보지 못한 경험 축에 들 거예요. 그러니 제 말을 들으세요. 당신에게 찾아온 것에 뭐랄까, 감사를 해도 좋을 거고요. 만일 이후에 병이 저에게 그랬던 것처럼, 당신에게도 아픔과 통증과 약간의 부자유를 남긴다고 하더라도, 그까짓 거 아무것도 아니에요. 남들에겐 어떨지 몰라도 적어도 자기 자신한테는 말이죠. 당신이 잘 가르쳐 주었듯이 '자기 자신'이라는 건, 세상에서 유일하게 중요하지 않은 사람이지 않겠어요?

우리는 늘 기다린다. 이 고통이 끝나고, 이 괴로움이 끝나고 내 '진짜' 삶이란 게 시작되길 기다린다.

우리는 또 늘 기다린다. 아프지 않기를, 건강이 찾아오기를, 멀쩡한 내가 되기를. 뭔가 할 수 있는 상태가 되기를, 작가가 되기를, 능력을 갖추기를.

그러나 로알드 달은 말한다. 소위 비극이라는 것으로 인해 비로소 자신은 철학자가 되고 작가가 되었다고. 고통으로 인해 글을 쓰는 게 가능해진 이 친절한 작가는, 『찰리와 초콜릿 공장』을, 『마틸다』를 썼다. 나도 글을 쓰고 싶고, 뭔가를 제대로 할 수 있는 날이 왔으면 좋겠고, 일단 지금은 상황이 안 되니까 되는 상황이 마련되기를 기다리는 사람이 있다면 나는 그들에게 제발 기다리지 말라는 이야기를 하고 싶다. 나의 사랑하는 영화 「보이후드」의 마지막 대사처럼 "순간(현재)을 붙잡는다(seize the moment)"기보다는 "순간이 우리를 붙잡는다(the moment seizes us)". 아픔의 순간이, 고통의 순간이, 우리를 붙잡아 기록하게 만든다. 기어이 글을 쓰게 만든다.

아픔과 고통은 우리를 무력하게도 하지만, 우리를 강하게도 한다는 것. 결국 '마음먹기'의 문제로 돌아온다. 우리 마음 길을 바꾸는 것은 세상에서 가장 쉬운 일인 동시에 가장 어려운 일이다.

우린 이미 카프카였다

카프카의 『변신』은 이렇게 시작한다.

어느 날 아침 그레고르 잠자가 불안한 꿈에서 깨어났을 때 그는 침대 속에서 한 마리의 흉측한 갑충으로 변해 있는 자신의 모습을 발견했다.

불면의 나날을 보내고 있던 어느 날 나는 그레고르 잠자를 떠올리다가 문득 이게 도대체 무슨 의미일까를 생각했다. 벌레로 변한 잠자는 배가 불룩해서 거북하고, 뒤집히면 일어나기 위해 몸부림쳐야 한다. 우리에게 익숙한 벌레[蟲]의 정의를 따라 다리도 여러 개 달렸을 것이다. 카프카의 문학세계나 그를 둘러싼 평가에 대해 그리 많이 알지는 못하지만, 마르케스 같은 작가도 카프카의 책을 보다 깜짝 놀라 침대에서 떨어질 뻔했다고 할 정도로 카프카의 글이 강렬하다는 것 정도는 안다. 눈을 뜨니 벌레라니, 이 얼마나 기괴한 설정인가.

그러나 또 한번 나는 과연 이게 '기괴하고' '특이한' 문학적 설정이기만 한가를 생각한다. "이런 버러지 같은 놈" "식충이" "벌레만도 못한 사람" 같은 말들을 떠올린다. 우리는 이미 일상에서 누군가를 '벌레'로 보고 있다. 검은 등껍질이 보일라치면 흠칫 놀라 소리를 내고, 손을 뻗어 닿는 곳에 책이나 살충제가 있다면 기꺼이 죽이는 데다가, 의사소통이 될 리 만무하고, 그저 눈에 안 보이면 좋겠고, "징그럽다"는 말로만 존재가 언급되는 벌레. 생산적인 경제활동을 하지 않고 밥만 축내는 사람을 '식충이'라고 불러온 우리의 오랜 역사를 떠올리건대, 우리는 이미 카프카였다.

만취한 누군가를 보고 "개가 되었다"라고 하는 말은 그의 주사에 대한 장난기어린 클리셰이기만 할까? 거리낌없이 노상방뇨를 하고 네 발로 걷는 사람을 개에 비유하는 것은 개의 동물적 특성을 잘 잡아낸 나름 괜찮은 표현이다. 개든 사람이든 어느 쪽의 감정을 상하게 한다기보다는, 차라리 이것은 내게 적확하고 편리한 표현으로 느껴진다.[*]

말을 뜯어보면 진실이 보인다. 행간을 읽으면 다른 맥락이 보인다. 사람도, 글도 그렇다. 언어의 놀라운 점이다. 말을 하면 하는 대로, 하지 않으면 하지 않는 대로 해석의 여지가 있다. 침묵까지 포함할 때, 말하지 않는 것까지 포함할 때 비로소 해석이 시작된다. 나는 카프카의 『변신』을 단순히 기괴한 이야기, 재미있는 발상, 인생사에 대한 어떤 비유로, 환상우화로 읽지 않는다. 병적일 정도의 관찰자였던 작가는 아마도 진짜로 본인의 삶에서, 몸에서 끈적한 점액이 나오고 다리가

---

[*] "그는 개 같은 데가 있었다. … 개처럼 용맹한 동시에 비겁한 데가 있었다." 한은형의 「그레이하운드의 기원」은 기원이라는 남자가 그레이하운드로 변한 것에 대한 필연적 이유들을 나열하고 있는 소설이다. "잘 달려서만은 아니"고, 술에 취하면 오줌을 썼고 심지어 걸으면서도 오줌을 썼던 남자의 개 같은 구석. 그리고 남자는 정말로 개가 되었다. 카프카적이다.

생기고 몸에 껍데기가 생기고 말이 통하지 않고 사람들의 눈살을 찌푸리게 만들며 하나 유용하지도 않을 것 같은 '해충'이 되는 순간이 있었을 것이다. 벌레'처럼' 느껴지는 게 아니라 말 그대로 벌레가 되는 순간. 문학적 수사나 기교가 아니다. 이건 자기 자신의 이야기다. 그런 면에서 나는 그의 글을 일기 내지는 관찰기로 읽는다.

우리는 저마다 어떤 상황이나 심정을 대변해 주는 말들을 찾는다. 요즘은 단어 앞에 '개'나 '핵'을 붙여 그 정도를 확장시키는 말들을 만들어 낸다. 그러나 누구나 아무 상황에서라도 다 쓸 수 있는 말들 말고, 자기만의 느낌을 표현하는 말들을 찾고 또 사용할 필요가 있다. 뉴스 전달이 아니고 가치판단이 들어가는 말들마저 진부하고 식상하기 짝이 없게 남의 말을 복사하고 붙여쓰기하고 있는 우리는, 지금 각자의 목소리로 말하고 있는 것 같이 보이지만 사실 그 목소리는 우리 자신의 것이 아닐지 모른다. 나의 말, 나의 표현, 나의 은유, 나만의 우화를 찾아야 한다. 카프카가 벌레를 찾은 것처럼, 회식이 끝나고 개로 변한 동료를 찾은 것처럼.

왜 살지?

이렇게 살아서 뭐하지?

이게 무슨 의미지?

…하는 존재론적 질문들이 밀려올 때 우리는 문득 우리 삶의, 일상의, 내 존재의 하찮것없음에 몸서리를 치게 된다. 일을 하긴 하는데 시시하고 의미도 없는 것 같고, 사람들과 대화를 하긴 하는데 말이 통한다는 생각은 들지 않는다. 나는 없어도 될 것 같고, 저기 저 사람들과는 다른 종류인 것 같다. 이 거대한 사회구조 속에서 고작 점처럼 간신히 한 자리 차지하고 있는 나 자신에 대한 회의와 슬픔이 밀려올 때, 이럴 때 우리는 벌레(혹은 다른 동물이거나)가 된다. 우리의 내적 진실을 가장 잘 표현해 주는 건 정확한 설명과 묘사라기보다는 은유다. 이솝의 시절은 지났지만, 우리에게 지금 필요한 건 우화일지 모르겠다는 생각을 하는 이유다.

"말도 안 돼!"라고 하지만, 사실 우리가 일상에서 보고 느끼고 체험하는 대부분의 것들이 말이 되지는 않는다. 하지만 그렇게 말이 되지 않는 것들을 말로 하는 과정 속에서 발견되는 진실이 있다. 그리고 언어에 기대어 그 진실을 찾아보는 것은 우리가 비교적 꽤 쉽게 시도해 볼 수 있는 인생의 과제가 아닐까 싶다.

무언가를 좋아한다는 건 말이지…

1.

안녕. 바이올렛.

내 이름은 월 위튼이야. 2013년, 아주 최근에서야 너는 이 지구에 합류했구나. 환영해! 난 배우이자, 작가이고, 또 아빠이기도 해. 너의 어머니의 부탁으로 너드로 사는 것이 얼마나 멋있는지 말을 해주려고 해. 사실 그건 나로선 엄청 쉬운 일이야. 바로 내가 너드로 살고 있으니까. 음… 네가 내가 지금 할 말을 이해하게 될 즈음에 세상이 어떻게 달라져 있을지는 모르겠다. 그때는 너드로 산다는 게 어떤 의미일는지 알 수 없지만….

나의 경우를 말하자면, 너드로 산다는 건 말이지, 조금 이상한 것들을 좋아한다는 거였어. 시간과 노력을 많이 들여야 하는 걸 좋아한다는 거지. 난 과학을 좋아했고, 게임을 좋아했고, 책 읽는 걸 좋아했어. 그리고 진짜 세계에 어떤 일이 벌어지는지 이해하는 일도 말이야. 내가 어렸을 땐, 사람들이 그런 걸 가지고 놀리곤 했어. 그런 일을 좋아하는 게 이상한 거라고 생각하게끔 했지. 어른이 된 지금, 나는 꽤 전문적인 너드야. 세상이 많이 바뀌었단다. 이제 많은 사람들이 다 느끼고 있을 테지만, '너드'라는 건 말이야('긱'geek이라는 말도 종종 듣게 될 텐데, 난 이걸 혼용해서 써), '무얼' 좋아하느냐에 대한 문제가 아니라 네가 그걸 '어떻게' 좋아하느냐에 대한 거야.

살면서 네가 좋아하게 될 일들이 있을 거야. 그게 뭐가 될지 모르지만 스포츠가 될 수도 있고, 과학이나 책읽기가 될 수도 있고, 패션디자인이 될 수도 있고, 뭔가 만드는 일을 좋아할 수도 있겠지. 사진을 찍거나 이야기하는 일이 좋을 수도 있고. 그런데 그게 뭐가 되어도 상관이 없다는 거야. 네가 그것들을 어떻게 좋아하느냐, 어떻게 네가 좋아한 것처럼 다른 사람들 역시 그것을 좋아하게 만드느냐가 바로 너드를 멋지게 만드는 거야.

우리 중 누군가는 「왕좌의 게임」을 좋아하고, … (넌 이런 것들은 아마 역사책에서나 찾아볼 수 있을 거야.) 「스타워즈」, 「스타트렉」을 좋아하고, 아니메, 판타지, SF를 좋아해. 어떤 사람들은 이런 것들과는 완전히 다른 걸 좋아하기도 해. 그런데 중요한 건 우린 모두 그것들을 너무나도 사랑한다는 거지. 너무 사랑해서 몇 천 마일의 거리를 가로질러 이 코믹콘에 모인다는 거야. 아마 네가 이걸 볼 때쯤은 그 정도 거리를 여행하는 건 식은 죽 먹기일 테지만 2013년에 우린 아직 화석연료를 쓰고 있거든. 어려운 일이야. 우리는 우리가 사랑하는 것들을, 그와 같은 방식으로 사랑하는 사람들 사이에 있기 위해 세계 각지에서 여기에 모여. 그게 바로 너드가 멋있는 이유야.

결코 다른 사람들이 너에게 "네가 좋아하는 건 보통은 좋아할 수 없는 거"라는 말을 하게 만들지 말고, 결코 다른 사람들이 너에게, "그건 남자애들이나 좋아하는 거"라고 말하게 두지 마. 너는 바로 네가 여자아이이기 때문에 이걸 좋아할 수 있어. 자, 네가 좋아하는 걸 찾고, 그걸 할 수 있는 최대치로 맘껏 좋아하렴. 그리고 잘 들어 봐, 이게 진짜 중요한 건데 나는 네가 진실되고, 영예롭고, 친절했으면 좋겠다. 그리고 네가 열심히/어렵게(hard) 하길 바라. 왜냐하면, 가치가 있는 모든 일은 어려운(hard) 법이거든. 그리고 네가 판타스틱하게 멋있길 바라. 그리고 나도 나름으로 최선을 다할게, 너의 세대도 계속 살 수 있는 지구를 남겨주기 위해서 말이야. 멋진 삶을 살길![*]

2.

중학시절, 쿠엔틴 타란티노의 영화 「저수지의 개들」을 봤던 때를 기억한다. 이 문장을 꼼꼼하게 보면 알겠지만, 「저수지

---

* https://www.youtube.com/watch?v=H_BtmV4JRSc
2013년 4월 27일 캘거리 코믹엑스포에서 윌 위튼이 관객에게 요청받은 사항 ─ "앞으로 태어날 우리 딸에게 너드로 산다는 게 얼마나 멋진지 얘기해 주세요" ─ 에 답하는 영상이다. 미드 「빅뱅이론」을 좋아한 사람이라면, 아마 익숙한 얼굴을 만날 수 있을 것이다.

의 개들」을 기억하는 게 아니다. 영화의 줄거리나 세부적인 사항은 기억나는 바가 없다. 다만 내가 그걸 보고 느꼈던 충격과 영화의 이미지만 또렷하다. 나는 그 영화를 보고서 처음으로 무언가가 되고 싶다는 생각, 무언가 해보고 싶다는 생각을 했다. 영화였다, 나는 영화감독이 되고 싶었다.

영화 감상이 취미였던 나에게 비디오렌탈숍 방문은 하루 일과의 필수코스와도 같았는데, 후에 쿠엔틴 타란티노가 비디오 가게에서 아르바이트를 하면서 죽어라 영화만 보던 사람이었다는 걸 알았다. 죽치고 앉아 손님들이 반납했을 VHS 테이프를 앞으로 감고, 자기가 좋아하던 비디오를 보고 또 보고 늘어질 때까지 보면서 대사도 외우고 영화와 감독의 히스토리 등에 전문가가 되면서 사람들만 만나면 이게 어떻게 된 거고 저게 어떻게 된 거고 쉬지 않고 떠들어댔을 덕후의 모습을, 나는 떠올렸다.

시간이 더 지나, 나는 그의 영화를 몇 편 더 보았고 볼 때마다 대체로 감탄을 했던 것 같다. 그가 연출한 드라마 「CSI」 에피소드 "Grave Danger" 편은 2005년 에미상 '드라마연출' 부문에 노미네이트되기도 했는데, 이것은 평소 드라마의 팬이던 그가 특별연출을 한 경우였다. 「CSI」를 이미 너무 사랑했으므로 캐릭터와 드라마 구조, 서스펜스를 어떻게 만들어 내야 할지 꿰고 있었으니, 당연히 인상적으로 잘 만든 에피소드가 되었다. 그것을 보고서 또한 나는, 소파에 기대어 텔레비전 속으로 들어갈 듯 게걸스럽게 자신이 좋아하는 드라마를 보고 또 보는 그의 모습을 떠올렸다.

미쳐야 미친다(不狂不及)는 말을 들을 때 나는 쿠엔틴 타란티노를 종종 떠올린다. 세상에 미치지 않고 이룰 수 있는 있는 큰일이란 없는 것이다.

3.

뭔가를 좋아하는 마음은 굉장히 긍정적이고 생산적인 에너지다. 사랑하고, 그 사랑을 전하고 싶은 순수한 열정은 세상을 좋은 곳으로 만든다. 그건 그냥 '오덕(너드)'인 것 아니냐고, 그런 덕질이 세상을 좋은 곳으로 만든다니, 그건 좀 비약 아니냐고 물을지도 모르겠다. 그러나 쿠엔틴 타란티노의 경우에서 확인한 것처럼, 그는 자신이 좋아하는 것을 가지고 사람들에게 즐거움을 준다(그가 만들어 내는 끔찍한 내용들은 논외로 하고).

55

"나는 아직도 내가 마법을 믿기 때문에 스스로 더 나은, 더 흥미로운 사람이라는 생각이 들어."

"한마디 보태고 싶은 게 있어. 뭐냐면… 나는 해리포터가 정말 나를 나은 사람으로 만들어 주었다는 것을 진심으로 믿는다는 거야."

"[이 책이 아니었다면] 내 정신세계는 이미 질식해 없어져 버렸을 거야."

"나는 롤링이 나이 서른에도 마법사에 대해 공상을 하고, 이런 저런 상상을 하는 것이 괜찮은 일이라는 것, 또 그게 가치 있는 일이기까지 하다는 걸 확인시켜 줬다는 점이 무엇보다 좋아."

─『해리포터 이펙트』저자들의 대화 중에서

한때, 그리고 나이를 먹어서도 해리포터를 사랑하고 있는 아이들 이른바 '해리포터 세대'(포터헤드)가 자신들이 사랑하는 해리포터에 대한 책을 내면서 나눈 이야기다. 그들은 자신들이 사랑하는 것을 사랑하는 방법을 알고, 그것을 긍정하고, 그 에너지를 세상에 표출하는 법을 알고 있었다. 책과 함께 모험하고, 성장하고, 사춘기를 겪으면서 해리처럼, 론처럼, 헤르미온느처럼 강해지고 지혜로워지길 소망한 아이들.

그리고 실제로 그 모습이 되어 가는 아이들. 자신이 사랑한 것에 대한 증거가 되는 아이들.

4.

우리는 저마다의 시간을 살면서 저마다의 방식으로 사랑을 한다. 누구를, 혹은 무엇을 사랑하든지 그 사랑은 숨길 수 없다. 왜냐하면 그 사랑은 사람을 변화시키기 때문이다. 좋아하는 것에 대해 시도 때도 없이 이야기하고, 좋아하다 보니 안 보이던 게 보이게 되고, 세상이 다르게 보이게 된다. 세상과 관계 맺던 방식, 친구와, 책과 관계 맺던 방식이 모두 다 달라진다. 무언가를 정말정말 좋아하는 마음, 그 좋아하는 걸 다른 사람들도 느꼈으면 좋겠다고 하는 마음, 전적으로 자신을 위한 것이자 동시에 전적으로 자신 바깥의 것을 위한 그들의 팬으로서의 활동은 분명 세상을 좋은 곳으로 만든다.

아이들은 자라고, 사랑하고, 성숙해 나가며 자신들의 세상을 스스로 만들어 나간다. 배우이자 덕후 윌 위튼이 이제 곧 태어날 아이 — 아, 지금쯤이면 이미 태어났을 — 바이올렛에게 해준 말처럼 무언가를 좋아하며, 최선을 다해 그것을 사랑하는 삶은 멋진 삶이다. 무언가를 사랑해 본 적이 있는 사람이라면, "세상을 다르게 상상하고 다르게 행동하는 능력"을 저마다의 영역에서 저마다의 방식으로 실천하며 사는 팬/너드/덕후들을 보며 미소지을 수 있을 것임을 믿는다.

일상의 마법과 경이를 믿는 우리 모두는 우리 세대의 마법사이고, 또한 세상은 아직 놀랄 것투성이다. 무언가를 좋아한다는 건 그런 것이다.

작가는 속삭인다, 바로 "너"라고

1.

도대체 왜일까. 이미 버지니아 울프에 대한 책은 수백 권은 나와 있건만. 어째서 여기에 다른 것을 더할까? 여기에 더해, 버지니아 울프의 작품만으로는 왜 충분하지 않을까? … 추측해보건대, 작가에 대한 글을 쓰려는 전기적 시도에는 기본적으로 '감사의 마음'이 깔려 있다. 열망, 갈망, 경외, 그리고 아주 기본적인 욕망도. 우리는 우리가 사랑하는 작가들은, 다른 누구보다도 우리를 깊고 가깝게 이해하는 사람들임을 믿는다.

"어디서 그런 아이디어를 얻는 거죠?" 사람들은 항상 자신들이 좋아하는 작가에게 이런 질문을 한다. 나는 이런 질문은 사실 다음의 물음에 대한 다른 표현방식이라고 생각해 왔다.── "아니 당신, 어떻게 내 생각을 알았죠? 당신이 그걸 글로 표현하기 전까지는 모르고 있던 내 생각을?"

우리가 사랑하는 작가는 우리를 알아주고, 그들을 통해 우리는 소중한 사람이 된다. 내가 좋아하는 책들은 한 단어 한 단어, 바로 우리 자신을 위해 쓰인 것만 같다. 그들의 문장과 문단 속에서, 작가들은 언제까지고 나를 위해 존재한다. 인간이라는 존재의 (불가능해 보이는) 끔찍한 복잡함에 대한 그들의 연민 어린 인식 속에서 우리를 잊지 않고, 결코 무시하거나 버리지 않고, 우리를 멍청하다고 생각하지도 않으면서 영원히 인내한다. "바로 너야." 그들은 속삭인다. 페이지를 넘길 때마다 "내내 나의 이야기를 들려주고 싶었던 사람은 바로 너"라고, 작가들은 속삭인다.[*]

---

[*] Suzanne Berne, "Chasing the Writer", Los Angeles Review of Books

비비안 포레스터의 『버지니아 울프 : 초상』에 대한, 소설가 수잔 번의 리뷰 중 일부다. 우리 독자들은 작가들에 의해 '알아봄'을 당하고, '인정'을 받고, '소중히 여김'을 당한다는 부분을 읽으며 새삼 뭉클했다.

"고독하기 때문에 책을 읽는다"고 했던 내가 좋아하던 작가의 말이 떠오르고, 또한 "고독하기 때문에 글을 쓴다"고 했던 그 작가의 말이 떠오른다. 책을 읽으면서 쓴 사람과 읽는 사람은 둘만의, 오로지 둘만의 대화를 나눈다. '너의 마음을 내가 안다'는, '내 마음을 당신이 알아주는군요'라고 하는, 다른 사람은 모르는 둘만의 교감. 이것은 오로지 이렇게 읽고자 하는 사람만 느낄 수 있다. 책이란 것은, 글이라는 것은, 독서라는 것은 그렇기 때문에 다른 그 어떤 매체/활동과도 다르다. 너무나 사적이고 내적이다. 매번 다르고, 누가 읽어도 다르다는 점, 바로 그것이 인간의 다른 모든 활동 중에서 우리의 책읽기/글쓰기를 특별한 것으로 만든다.

수잔 번의 지적처럼 우리는 어떤 글에서 내가 생각하던, 언어화하지 못하고 몽글거리던 그 느낌을 정확히 발견하면 반갑고 놀랍다. "어디서 영감을 얻느냐"는 질문은 글쓴이의 말마따나 "아니 어떻게 내 생각을 알았지?"의 다른 버전인 것이다. 이런 질문에 이렇게 대답할 작가의 목소리를 상상해 본다——"너에게 들려주기 위해 쓴 거니까. 내 글을 읽을 사람은 바로 너야, 다른 사람이 아니고 바로 너."

바로 그래서 우리는 책을 읽는다. 좋아하는 작가의 글을 읽는다. 그의 단어, 그의 문장, 그의 표현을 곱씹으며 감탄하고 혹은 내면화하기도 한다. 나를 누구보다도 잘 이해해 주는 사람은 바로 그 사람이므로. 지금 당장 전화를 걸어 통화를 할 수도, 메시지를 보낼 수도 없지만 그는 책 속에서 그냥 그렇게 영원히 나를 이해해 주며 존재한다. 그리고 그런 작가의 존재는 우리에게 그 어떤 위로의 말보다도 더 강력한 위안이 된다.

이런 경험을 하고 있노라면, 글을 읽고 언어화된 표현에 감탄을 하던 우리는 어느새 '나도 그렇게 해보고 싶다'는 생각을 하게 된다. 스스로를 누구보다도 깊게 이해하는 일을 나 역시 해보고 싶다. 그러니까, '글을 쓰고 싶다'. 나의 마음을 탐구하고, 잘 된다면, 너의 마음도 탐구해 보고 싶고, 그렇게 한 스텝 한 스텝 삐걱거리는 내 마음과 관계들을 다듬어

보고도 싶다. 글을 쓰고 싶다는 마음은 단순히 미려한 글을 쓰고 싶다, 희대의 문장가가 되고 싶다는 마음과는 다르다. 누군가는 배부른 소리라 할 수 있는 그 욕망은, 사치라기보다는 우리 인간의 근본적인 욕구에 가깝다. 나와 너에게 닿고 싶다, 이야기하고 싶다, 나누고 싶다…!

　자신이 좋아하는 작가들을 자신의 '친구'로 규정하는 사람을 안다. 그 사람은 작가의 책을 읽으며 경탄하고, 그 작가가 읽은 책을 역시 따라 읽으며 그 작가와 교감했다. 외롭던 학창시절, 작가들은 그를 알아주는 유일하고 소중한 친구였다. 루이스 캐럴의 작품 속 시와 수수께끼를 이해하고 싶어서 수학을 배웠고, 존경하던 작가이자 선생님 존 바스의 수업은 그를 대학에 (지나치게) 오래 남게 한 이유였다. 그는 1989년부터 라디오에서 책 관련 프로그램을 (지금까지) 진행하고 있는 마이클 실버블랫이고,* 내가 가장 좋아하는 소설가는 마이클 실버블랫이 자신을 입양해 줬으면 좋겠다는 말을 할 정도로 그를 존경했다. 글이 해봤자 얼마나 하겠어, 싶겠지

* Michael Silverblatt. KCRW에서 〈책벌레Bookworm〉라는 문학토크쇼를 진행한다.

만 내가 알고 또 좋아하는 사람들은 글과 책과 그것을 자신의 것으로 만드는 그 모든 과정이 곧 그들을 만드는 과정이기도 했다. 이런 것을 접할 때마다 언제고 나 역시 '글을 쓰고 싶다'고 생각한다. 또한 나를 이해해 주는 작가의 글을 몇 번이고, 몇 번이고 '읽고 싶다'고 생각한다. 왜냐하면 작가는 언제고 나를, 다른 누구도 아니고 바로 '나'를 불러주기 때문에.

2.

다름이 아니고 그렇게 '부름'을 당한 사람들이 어떤 책을 읽다가 그만 눈물을 쏟고 말았다는 제보가 계속해서 들어오던 적이 있다. 『브루클린 오후 2시』와 『서촌 오후 4시』를 쓴 김미경 작가에게 부름을 당한 것이었다. 대단한 스포트라이트를 받으며 등단한 문인도 아니고 스스로를 그저 '옥상화가라 불러 달라'는 이 작가의 글은 왜 지하철에서 책을 읽던 사람들의 눈물을 훔치게 만드는가. 무엇이 어떻게 어째서 왜….

작고한 어느 소설가를 추모하는 자리에서 그의 동료들, 혹은 그의 팬임을 자처하는 사람들이 이야기하는 영상 하나를 보았다. 그의 팬이자 동료들이 말하길 "사후에 나온 그의 작품을 읽으며 그가 말하는 것 같아서", "바로 옆에서 나와 함께 있으며 이야기를 들려주는 것 같아서 그가 죽었다는 게 믿기지 않았다"며 울먹거렸다. 그가 남긴 문장 문장마다에서 그의 존재를 느꼈다는 그 말은, 나로 하여금 좋은 글이란 그런 글이구나…를 새삼 생각하게 만들었다.

모든 글, 모든 책을 읽을 때마다 좋고 나쁘고를 따지고 평가하지는 않지만 지나고서 돌이켜보건대 분명 좋은 글은 있다. 살아 있는 글, 나에게 이야기하는 글, 단어와 문장 저 너머에서 나에게 말을 거는 글쓴이가 느껴지는 글, 그의 마음이 생생하게 전달되는 글, 뭔지 모르겠는데 그냥 나를 흔드는 글, 파고드는 글, 내게는 그런 글이 좋은 글이다.

이 책은 '무면허 화가의 좌충우돌기'이기도 하다. 다른 사람들에게 피해 줄 일을 막기 위해 면허라는 제도가 생겨났지만, 면허 제도는 그 자체로 사람들을 위축시키기도 한다. 면허, 자격증 없이는 아무것도 할 수 없다고 여기는 세상이 됐다. 하지만 사랑하기, 숨쉬기, 걷기, 춤추기, 노래하기, 그리고 글쓰기와 그림 그리기… 세상살이에 가장 중요한 이 모든 것들은 모두 면허가 필요 없는 일들이다.

수많은 독자들이 이 책을 덮는 순간, '화가가 되는 일은 숨쉬기만큼이나 자연스러운 일이구나…' 고개 끄덕이길 기대해 본다. 면허증에 기대지 않고 제멋대로 살고 싶은 사람, 자기 색깔을 내며 더 자유롭게 살고 싶은 사람, 자발적으로 가난하게 살 각오가 되면 세상에 두려울 게 없다고 생각하는 사람, 그래서 새로운 인생을 새롭게 씩씩하게 시작하고 싶은 사람들 모두에게 이 책을 바친다.

— 김미경, 『서촌 오후 4시』

이 책의 서문을 읽으면서부터 이미 울컥했다는 지인이 있었다. 자기 색깔을 내며 자유롭게 살고 싶고 또 즐겁고 새롭고 씩씩하게 살고 싶은 만큼, 무면허 화가이자 작가가 자신에게 해주는 말 같았기에 울컥한 게 아니었을까.

세상에 좋은 글은 많기도 많고, 글 잘 쓰는 사람도 정말 많다. 그러나 이상적 의미에서 '잘 쓴 글'이라는 이데아가 있는 게 아니라 저마다에게 잘 쓴 글, 좋은 글이 있는 것 같다. 트윗에서 본 한 구절, 지하철 광고에서 스치듯 본 시 한 줄, 온라인 게시판의 댓글 하나가 누군가에게는 구원이 되기도 하는 까닭에.

『서촌 오후 4시』, 이 책의 뒷면에는 미술평론가이자 전 서울미술관 관장이었던 이주헌 선생님의 추천사가 쓰여 있다. "화가는 깨달은 사람"이라는 말. 이 말은 글 쓰는 사람에게도 그대로 해당될 듯하다. 쓸 수 있다 믿는 자, 쓸 수 있는 자, 자격이 있어서 쓰는 게 아니라 표현하는 자, 자기가 그런 사람임을 깨달은 자가 작가다. 그리고 그런 깨달음을 가지고 사람들에게 이야기를 전하는 글이 좋은 글이다. 그런 글은 내가 지금 공공장소에 있는 것도 잊은 채로 눈물을 흘리게 만들고, 시시덕거리게 만들고, 나를 변하게 만든다. 그것이 좋은 글이 갖는 고유한 힘이며, 그 힘은 거중기로도 들어 올리지 못한 내 무거운 마음과 엉덩이를 가뿐히 들게 만든다. 나도, 좋은 글을 쓰고 싶다고 바라게 만들고 사람들에게 좋은 이야기를 들려주고 싶다고 바라게 만든다. 그러니까 결국 세상을 좀 더 좋은 곳으로 만든다는 말이다. 이건 정말 엄청난 일이다, 정말.

어떤 대화의 발명

장르를 막론하고 '좋은' 것은 사람을 기분 좋게 만들 뿐만 아니라 마음속에서 뭐라고 설명하기 힘든 어떤 기운을 만들어낸다. 좋은 사람, 좋은 음악, 좋은 소설, 좋은 시, 좋은 공연, 좋은 수업….

좋은 수업을 들으면, 그 수업에서 아무리 듣고만 있었다 할지라도 나는 그 강의에서 몹시 활발한 참여자였다는 느낌이 든다. 선생님이 말하고, 내가 듣고. 이야기의 행간에서 내 생각이 펼쳐지고, 이런 생각이 들었다가 저런 생각이 들었다가 다시 선생님 이야기를 듣고. 학창시절 이런 얘기를 했다면 엄마가 등짝을 후려치며 선생님 말씀 똑바로 안 들을래! 하고 소리라도 치실 법한 이 수업태도는, 그러나 성인이 된 지금 그 어느 때 듣던 수업보다 나를 풍성하게 가득 채우는 어떤 '대화'의 일종이다. 선생님이 실제로 말하고 나는 머릿속으로 말한다. 내 속에서 시공간, 장르를 초월한 레퍼런스가 등장하는 대화가 '일어난다'.

책을 읽을 때도 마찬가지다. 소위 '화자'라고 하는 내레이터의 음성을 따라가며 우리는 책을 읽는데, 이 행위는 결코 일방적인 것이 아니다. 화자가 말할 때 내가 듣고, 내가 말할 때 화자는 말을 멈춘다. 화자는 이따금 너는 어떻게 생각하느냐고 등장인물의 말을 빌려 나에게 묻기도 하고, 나를 혼내기도 하고, 나를 으쓱하게도 한다. 그럴 때 나는 내 생각을 화자에게 말하기 위해 읽는 걸 멈춘다. 내 이야기를 화자가 듣는다…고까지 말하면 환자취급 받을 것 같으니 거기까지는 가지 않는 것으로 하고. 아무튼 재미있는 책이라는 것은,

화자(작가)가 하는 말이 흥미로운 만큼, 내가 할 말이 많은 책이다.

아무 데고 펼쳐 보더라도 웃기는 책, 『신사 트리스트럼 섄디의 인생과 생각 이야기』를 한번 보자. 이 책은 1759년부터 쓰이기 시작해서 1767년까지도 계속되었는데, 18세기의 것이라고는 믿을 수 없는 독서 UX를 우리에게 제공한다. 한 여자에 대해 이야기를 하면서 그 여자를 상상하라고, 읽는 사람의 마음에 맞춰 상상력을 한껏 펼쳐보라며 페이지를 백지로 남겨두지를 않나, '애도'의 표시로 무려 두 페이지를 먹으로 도배를 하지를 않나….

작가 로렌스 스턴은 책 속에서 혼자 독백을 한 게 아니라 독자와 끊임없이 대화를 시도했다. 나는 이 정신이 자유로워도 너무 자유로운 작가의 글을 읽으면서 육성으로 웃음이 터져 나와 몇 번이고 책을 멈춰야 했다. 뭐, 광의에서 그것도 대화라면 대화가 아니겠는가.

그 속에서 이야기를 나눌 수 있는 책이 좋다. 가지가 뻗어져 나가고, 나눌 이야깃거리가 점점 늘어나서 최초의 그 책은 더 이상 그 '처음의 책'이 아니게 되는 책이 좋다. 해도 해도 할 말이 끊이지 않는 좋은 사람과의 대화처럼.

최초에 시작했던 이야기와 전혀 다른 지점에서 끝을 맺곤 하는, 좋아하는 사람과의 수다처럼 내가 대화를 나눌 수 있는 작품들은 처음과는 전혀 다른 것이 되어 있다. 나와의 대화 속에서 화학적으로 달라진다. 이것은 놀라운 대화의 한 방식이다. 책읽기가 지루한 일이라고, 너무 정적인 일이라고, 심심한 일이라고 말해온 사람들에게 나는 이 새로운 읽기 방식을 추천한다. 당신은 아마 엄청난 수다쟁이가 될 것이다. 물론, 속으로.

연구결과에 따르면, 우리의 뇌는 우리가 글자를 읽을 때 소리로 인식을 한다고 한다. 소리내어 읽지 않는 게 일반적이 된 지금, 우리는 모두 '눈'으로 '글자 이미지'를 처리하지만 뇌는 우리가 그걸 그림으로 보더라도 청각으로 처리한다. '작가의 음성'을 이야기하는 게 단순히 은유가 아니라 과학적으로 실제로 그러하다는 것이다. 그러니 우리는 책을 읽으면서 작가의 목소리를 듣는다. 물론, 속으로.

대화에는 몇 가지 기술이 필요한데, 일단은 잘 듣는 게 필수적이다. 유머러스하고 말 잘하는 사람이 각광받는 시대이

긴 하지만, 그럼에도 기본 전제는 '잘 듣는 것', 통상적인 독서의 용어로 말하자면, 잘 읽는 게 중요하다는 말이겠다.

한 나라의 특수한 정치 상황에 대해 상세하게 묘사된 서술부분을 뛰어 넘는 것, 그것은 단순한 건너뛰기가 아니라 삭제이고, 생략이다. 지겹다고 건너뛰지 않기를 권한다. 작가가 어떤 상황을 유난히 길게 묘사한다면, 그는 그 시간에 속한 사건에 대해, 혹은 묘사에 대해 야심을 가지고 매달리는 것이고, 작품의 긴장에도 영향을 미친다. 줄거리의 고리만을 따라 띄엄띄엄 읽으면 즐거움에 다다르지 못한다. 무엇이 일어나기를 원하겠지만 아무것도 일어나지 않을 것이다.
— 최은주, 『책들의 그림자』

재미있을 줄 알았는데 재미가 없다, 기대했는데 기대에 미치지 못했다, 무엇이 일어나길 원했지만, 아무것도 일어나지 않는다. 이것은 작품선정의 실패라기보다는 대화의 실패다. 우리가 매사에 그토록 원하는 재미와 감동은, 우리가 새롭게 발명하는 대화로 새롭게 생성될지도 모른다.

뭘 해도 다 괜찮다

Q.

글쓰기에 미래는 있을까요? 아니면, 출판계 자체에 미래라는 게 있나요? 이제 30대 초반인데요, 제 경력과 삶에서 예기치 않게 교차점을 맞이하고 있습니다. 지난 몇 년간 홍보와 브랜딩, 소셜 미디어 등에서 일하면서 돈을 벌었어요. 완전히 거지 같거나 하진 않았어요. 물론 충분히 그럴 순 있었지만요.

동시에, 저는 글을 쓰고 있었는데요, 이게 일종의 취미였는지, 제정신으로 살기 위한 발악이었는지… 솔직히 모르겠어요. 한 두 군데에서 홍보 일을 해달라는 제안을 받긴 했는데요, 그건 뭐 사회초년생이나 할 법한 일에, 딱 그런 정도의 월급이었어요. 친구에게 얘기를 했더니 이러더라고요.

"내가 만약 스물다섯 살이라면 1초도 안 망설이고 당연히 그 일을 하겠지만… 지금 그걸 하기는 좀…"

지금 전 나이를 먹었고, 누군가를 만나면 "저는 작가예요"라고 말하는 내 에고를 만족시켜 줄 만큼의 적은 돈을 번다는 건 좀 이기적이고 근시안적인 것도 같았어요. (게다가, 이제 "글을 쓴다"는 사실이 사람들에게 인상적이기라도 하던가요? 오히려, 미친 사람이나 가난한 사람으로만 볼 뿐이죠.)

그러나 어쨌거나 저는 지금 직업이 없고, 이따금씩 글을 쓰며 살고 있어요. … 솔직히 말해서, 제가 홍보 일을 해오긴 했지만 그 일에 대해서 자랑스러웠던 적도 그걸 신경 써 본 적도 없어요. 그냥 월급에만 신경 썼을 뿐이죠.

… 어쨌거나, 출판에 정말 미래가 있을까요? 월급다운 월급을 받으면서 살 수 있다는 희망이 있을까요?

이것은 한 웹사이트(theawl.com)에 올라온 상담문의로, 여기에 다 싣기에는 너무 길고 구구절절해서 이 정도로만 발췌 번역을 했다.

자아찾기, 직업찾기, 직업 (다시) 찾기, 현실과 이상 사이에서 방황하기… 등은 분명 만국공통인 듯하다. 미국 사는 30대 젊은이의 고민이 남일 같지 않다. 자 그렇다면 여기에 상담사는 어떻게 대답을 하고 있는가.

A.

저널리즘, 글쓰기, 인터넷 등에 미래가 있는지를 묻는 건가요? 예전에는 당연히 없었죠. 그건 확실하고 말고요, 암. 그럼 '지금'은 어떻냐고요? 하하. 진심으로 물어보시는 건가요? 무언가에 좌우되어 작가가 되는 건 바보 같은 짓이에요. 하지만 아직도 많은 사람들이 그걸로 입에 풀칠을 하고 살죠. 바로 지금도 말이에요.

… 안전한 것들에 '노'를, 모험에 '예스'를 하기를 바랍니다. 우리는 어쨌거나 곧 죽기 때문이죠. 그러니 결국 뭘 해도 다 괜찮을 거예요.

만약, 이 세상에서 글을 쓰기로 마음을 먹었다면 저에게 이것

들을 약속해 주었으면 좋겠어요. 정말, 빡세게 할 거라고. 무언
가를 위해 나서고, 기투할 것이라고. 더 강해지고, 빨라지고, 똑
똑해져야 할 거예요. 당신이 믿는 게 무엇인지 생각해 보고, 그
것을 놓지 말아야 해요. 스스로가 누구/무엇에 사로잡혀 있는
지 알아내고, 적이 아닌 사람을 착각해서 후려치진 마세요. 빌
어먹을 진짜 권력에 저항하라는 것, 이게 내가 하고 싶은 말입
니다. 아마추어 같은 실수는 꽤 저지르기 쉬운데요, 그 정도는
괜찮습니다. 저도 항상 하는 거니까요. 하지만, 불길 속에 섰을
때, 사방에 그 불길을 번지게 하기 전에 반드시 멈춰야 합니다.
꼭 멈춰서 잘 들으셔야 합니다.

상담을 해주는 사람은 자신이 30대가 될 때까지 글은 썼
지만, 그 글로 돈을 벌어보지 못한 사람이다. 글쓰기, 인터넷
(매체)에 글쓰기 등에 미래는 예전에도 없었고, 지금도 없다
는 이야기를 자조적으로 말하는 이 사람. 그러나 결국 하려
거든 제대로 하라고. 안전한 직장, 만족할 만한 월급에 안주
하지 말고 모험을 해도 좋다고, 어차피 우리 한 번 사는 거 아
니냐는 말을 한다. 좀 뻔한 투이긴 한데, 그렇지만 그 말이 맞
다. 무언가를 위해 나서고 기투하는 것 ──지금 우리는 그것

을 하는 게 맞다.

첫 직장 퇴사 후 2년은 나의 예상과는 정반대의 일들만이 발생했다. 나는 내 나름대로 최악의 상황을 늘 염두에 두고 있었는데도, 내 예상을 뛰어넘는 나쁜 일들이 불쑥불쑥 내 발을 걸었다. 남들은 폴짝폴짝 잘도 뛰어넘는 허들 앞에서 서성거려야할 때도 있었고, 넘어지고 나서 보니 뜻밖에 내가 스스로 심어놓은 장애물일 때도 있었다. 내가 하는 모든 선택은 최악의 시나리오로 가기 위해 존재하는 것 같았다.

— 조소영, 「나의 공백소개서」, 『자소서를 프로듀스!』

지금 내 친구들은 10년차 이상의 경력을 가진 직장인들이 대부분이다. 지금 그 친구들이 하는 말은 "사는 게 재미없어" "왜 사는지 모르겠어" "일하는 건 이제 어렵지 않은데 그냥 하루하루가 의미가 없어"… 같은 것들이다. 어렵게 일 배우던 시기가 지나 업무적 안정기에 접어들면 매너리즘 내지는 청년의(?) 위기 같은 것이 오는데 이런 삼십대들에게 나는 자소서 써보기를 권한다. 직장을 옮기고 싶은 사람들에게, 아니라면, 그냥 월급 때문에 꾹 참고 그 직장을 다니고 있는 사람들이라면 더더욱. 좋은 사람들이 나쁜 직장을 다니게 되기도 하고, 그런 건 우리 잘못이 아니다. 그리고 사회에서의 실패는 우리의 능력과 전혀 별개의 문제일 때가 많다. 우리는 그것을 제대로 볼 필요가 있다.

자소서는 물론 이제 사회에 첫발을 내딛는 사회초년생들에게도 필수적인 거지만, 나처럼 30대 중반의 (아직) 젊은이들에게도 역시 필수적이다. 내가 어떤 사람이고, 내 과거의 실패는 어떻게 비롯되었으며, 나는 도대체 무엇을 두려워하고 있는 것인지, 자소서를 새로 쓰면서 한번 생각해 볼 수 있는 계기가 된다.

저마다에게 주어진 인생이라는 것을 가지고 도무지 뭘 어떻게 해야 할지 난감해하는 청춘들에게, 저 위의 상담자 말을 빌려 하는 말. "우리는 어쨌거나 곧 죽으므로. 결국 뭘 해도 다 괜찮을 거다." 지금 인생을 살면서 허우적거리는 사람, 일을 하면서건 안 하면서건 뭔가 망한 느낌이 드는 사람에게 해주고픈 말이다.

지금 고뇌하는 몇 달, 몇 년의 시간은 그 안에 있을 때는 징

글맞게 길게 느껴지지만 우리의 인생을 놓고 봤을 때 이 시간은 그리 길지 않다. 잘 보내는 게 중요하다. 내 삶의 프로듀서, 내 자기소개서의 프로듀서는 결국 '나'이고, 결국 뭘 해도 다 괜찮다. 무엇이든 다 좋다.

덤으로, 『거대한 지구를 돌려라』로 유명한 작가 칼럼 매캔이 젊은 작가들에게 하는 충고를 덧붙인다. 관광객이 되지 말고 모험가, 탐험가가 되라는 말. 성실하라는 말. 그리고 무엇보다 그냥 "쓰라"는 말. 자기소개서가 되었건 일생의 역작이 되었건 첫문장을 쓸 때 비로소 시작된다.

진심을 담아라. 헌신하라. 안주하지 말아라. 산산조각 부서질 각오를 하라. 실패하라. 거절을 받아들여라. 무너져도 딛고 일어서라. 궁금해하라. 자기 몫의 세상을 품어라. 어둠 속에서 웅대한 뜻을 품어라. 너무 큰 위안을 주는 것을 경계하라. 희망과 믿음과 신념을 품었다 하더라도 실패할 수 있다. 글을 쓰려고 쥔 펜을 신뢰하되, 수정용 펜을 잊지 말아라. 매 순간을 소중히 하라. 두려움이 생겨나도 내버려 두라. 자신을 허락하라. 아무도 가보지 못한 곳으로 가라. 바로잡기 위해 싸워라. 독창적인 유일무이한 언어를 가져라. 공포에 사로잡히지 말아라. 아직 존재하지 않는 진실을 드러내라. 동시에 즐겨라. 가슴을 언어로 가득 채워라. 이것은 사랑과 존중을 담아 하는 이야기이다. 그러니, 젊은 작가여, 쓰라.

— 칼럼 매캔, 『젊은 작가에게 보내는 편지』

너를 믿는다는 말

영화 「그래비티」로 대중들에게 퍽 익숙해졌을 알폰소 쿠아론이 2014년에 만든 드라마가 있다. 「빌리브」(Believe)라는 제목의 이 드라마에는 말 그대로 잘 '믿는' 주인공 소녀가 나온다.

사람들을 믿고, 사랑을 믿고, 희망을 믿는 소녀. '보'라는 이름의 주인공은 초능력을 가진 특별한 인물로 그려지며, 이 소녀를 쫓는 한편이 있고, 목숨을 걸고 지키는 다른 한편이 있다. 시청자가 이러저러한 상황을 제대로 파악도 하기 전에 '보'는 이미 도피생활을 시작해 버린다. 아니 그런데, 도피라고 하면 말 그대로 잘 '피해야' 할 텐데, 이 주인공 아이는 도망을 다니는 중에도 제 안위에는 별 관심이 없다. 그저 도피하다 만나는 사람들 중 도움이 필요한 사람들에게 그들이 필요한 바로 그 도움을 준다. 그리고 이게 가능했던 건… 반드시 보에게 초능력이 있었기 때문은 아니다. 우리의 주인공은 사람들의 잠재성을 보고 그것을 '믿는' 사람이었기 때문이다. 위기의 사람들, 포기하려는 사람들에게 보는 이렇게 말했다.

"지금은 이렇게 엉망이어도 사실 당신은 좋은 사람이다."
"당신은 나중에 좋은 의사가 될 것이다. 그러니 지금 그만두면 안 된다."
"당신은 후에 좋은 사람이 될 것이다."

그들에게 당장 듣기 좋은 말, 혹은 위로나 격려의 말을 전한 게 아니었다. 그들의 잠재성의 차원에 있는 좋은 것들을 진짜로 보고, 또한 믿었기 때문에 할 수 있는 말이었다. 그리고 그 말을 하는 소녀의 얼굴이 천진했던 것은 '홍시 맛이 나서 홍시 맛이 난다고 말하였을 뿐'이라던 장금이마냥 '나는 당신이 좋은 사람이 될 게 보여서 좋은 사람이 될 거'라고 말했을 뿐이라는 느낌과 정확히 같다. 남들은 쉬이 감각하지 못한 맛을 느낀 장금이처럼, 보 역시 그렇다.

너를 믿는다는 말, 나를 믿는다는 말을 우리는 종종 듣기도 하고 또 하기도 한다. 이 말은 다소 관념적으로 느껴지기도 하고, 쓸 수 있는 더 이상의 위로와 격려의 말이 떨어졌을 때 하는 말 같기도 하지만, 아니다. 이것은 적극적으로 우리의 감각을 활용할 때에만 일어나는 일이다. 자고로, "To see is to believe"(보는 것이 믿는 것이다)라 하였으므로 미래에 펼쳐질 다른 가능성들을 볼 수 있는 자만이 믿을 수 있다.

다시 한 번 말하면, 관념적으로 머릿속에서 상상하라는 말이 아니다. 나는 그를 믿지만, 스스로를 의심하는 친구가 있다고 해보자. 나는 그에게 아니라고, 나는 너를 믿는다고, 너는 잘할 거라고, 너 듣기 좋으라고 하는 말이 아니라 나는 진짜로 나중에 네가 원하는 것을 하게 되어 네가 환하게 웃고

있는 모습이 보인다고, 머릿속에 너무나도 생생하게 그려진
다고, 그러므로 나는 "너를 믿는다"는 말을 한다. 단순히 "힘
내 친구야!"의 연장에서 하는 말이 아니라 그의 잠재성과 가
능성이 내게는 진짜로 보이기 때문에 나는 계속해서 말한다.
너를 믿는다는 말은 너에게 펼쳐질 앞으로의 모습들이 네가
원한 바로 그것임을 믿는다는 말이고, 다만 그 모습이 지금
당장 현실화되지 않았을 뿐 네가 네 속에 이미 가지고 있음
을 믿는다는 말이다. 누군가를, 무언가를 믿는다는 것은 신
념이 필요한 일이 아니라 어쩌면 시각이 필요한 일인지 모르
겠다.

　친구들만 만났다 하면 부쩍 많이 하는 말은 '죽겠다' '세상
사는 거 더럽다' 유의 한탄이다. 온갖 더러운 꼴을 보며 살…
았다기엔 (아직은) 비교적 젊은 청년들의 입에서 나오는 말
이다. 통 재미난 일도 없고, 좋아질 거라는 기대도 없다는 맥
빠지는 이야기의 끝에서, "아 우리가 그 말로만 하던 시대의
자화상이냐"며 진담인 듯 농담인 듯 사실인 말들이 튀어나온
다. 우리가 그리는 세상, 더럽지 않은 세상이 상상조차 되지
않으므로 사는 게 좋아질 거라는 믿음은 생기지 않는다. 우

리의 새로운 능력이 필요해지는 지점이다.

보에게 초능력으로 묘사된 그 힘은 사실 우리가 타인과 세
상을 이해하고, 진심으로 그가 가진 것을 보고 믿어주려 애
쓰는 마음에 대한 메타포다. 되는 건 없고 내가 뭘 할 수 있기
나 한 건지 답답하다고 말하는 사람들의 표면 너머 그가 가
진 능력과 가능성들을 보아주는 것, 다른 세계의 가능성을
기어이 보아내는 것—그게 바로 초능력이다. 타인의 진실/
진심을 보는 나의 노력과 믿음. 하나의 진실을 이해하는 건
거창해 보이지만 결코 어려운 일이 아니다. 초능력은 마블이
나 어벤져스에만 있는 게 아닌 까닭이다.

좋은 탐정은 모든 일과 모든 상호작용에 다수의 가능성이 잠재
되어 있다는 것을 알아요. 아무리 사소하고 평범해 보이는 일
일지라도 말이죠.

셜록이 말하는 좋은 탐정의 요건이다. 사건을 해결하고,
한눈에 사람들을 파악해 내는 셜록 홈즈 역시, 「빌리브」의 주
인공 보처럼 초능력으로 하는 일이 아니다. 그는 그저 남들

보다 잘 볼 뿐이다. 한번, 세상과 사람과 사물을 그렇게 보기 시작하면, 그렇게 보지 않는 방법을 모르게 된다. 셜록과 보가 들려주는 인생의 비밀이다.

변심에 대한 변명

2011년. 미국의 코미디언 코넌 오브라이언은 다트머스 대학 졸업식에서 가히 전설이 될 축사를 남겼다. 그는 이전에도 하버드에서 졸업축사를 했는데, 그때 그는 "실패를 두려워하지 말라"고 말했다. 그러나 2011년의 그는, 그 말을 믿지 않는 바는 아니지만, 그럼에도 "최대한 실패를 피하도록 애쓰라"고 말한다. 니체가 어려움을 겪고도 살아남으면, 그것이 우리를 강하게 한다고 말했지만 그가 깜빡 잊고 강조하지 않은 말은 "어려움이 너를 거의 죽일 수도 있다는 것"일 거라는 말을 덧붙이며 말이다. 절망은 여전히 구리고, 우리를 혼란스럽게 한다는 것을 잊지 말아야 할 것이다.

2010년, 다트머스 졸업축사를 하기 한 해 전 코넌 오브라이언은 개인적으로 힘든 실패와 좌절을 겪었다. 톱 코미디언이던 그가 그리드 바깥으로 떨어졌고 굴렀다. 모든 게 달라졌다. 그때 그는 이상한 일들을 하기 시작했다. 수염을 기르고, 전국을 돌아다니며 기타를 치고, 스탠드업 코미디를 하고, 다큐멘터리를 찍으면서 친구와 가족들을 겁나게 만들었다. 그가 생각했던 커리어 계획과는 뭐 하나 들어맞지 않는 것이었다. 즉흥적이고 비이성적으로 보이는 짓들이었지만, 그러나 그가 회상하길 "직업을 가진 이래 가장 만족스럽고 즐거운 한 해였다"고. 공식적인 '커리어의 실패' 이후 어떻게 이렇게나 자신의 일에 확신을 가질 수 있게 된 건지. 이것이 가당키나 한 일인지. 그가 나름으로 내린 결론은 "가장 걱정하는 일이 일어나는 일만큼, 우리를 자유롭게 만드는 것은 없다"는 것. 하버드를 졸업해 잘나가던 코미디언이었던 코넌 오브라이언에게 진정 유의미했던 것은 다름 아닌 그의 실패다. 물론 이 실패를 잘 다루지 못할 경우 사람은 죽기도 하지만, 잘 넘길 경우 이것은 우리를 특별한 존재로 만든다.

잭 베니가 되고 싶었으나 그렇게 되지 못한 조니 카슨, 조니 카슨이 되고 싶었지만 그렇게 되지 못한 데이비드 레터맨, 또 데이비드 레터맨이 되고 싶었던 그 이후 세대의 모든 코미디언들. 롤모델을 따라하는 데, 이상형이 되는 데에 실패한 바로 그 점들이 결국 우리가 누구인지를 말해준다. 그 실패가 우리를 특별하게 만든다. 실패는 우리를 새롭게 태어나게 한다.

25년 동안 꿈을 향해 달렸다. 2011년 당시 코넌 오브라이언의 나이 47세. 그러나 그는 50에 가까운 나이에 자신의 꿈이 바뀌었다고 고백한다. 투나잇쇼를 진행하는 게 성공의 기준이었던 예전의 자신이 더 이상 아닌 것이다. 직업이나 커리어 목표도 자신을 정의할 수 없다. 끊임없이 변하고 오르락내리락하고 달라지는 과정 속에서 나는 내가 되어 간다.

코넌 오브라이언은 말한다.

실패를 두려워하건 말건, 어쨌거나 살아가면서 실망스러운 일들은 생길 것입니다.

그러나 그것들을 통해 명확하게 자신을 들여다볼 수 있게 될 것이고, 강한 신념과 자신만의 독창성이 생길 것이라고 이어 말한다. 클리셰처럼 "여러분의 꿈을 좇으십시오!"라고 말할 수 있지만, 지금 너의 꿈이 뭐라고 생각하든 그것은 바뀔 것이라고 말한다. 대학입학 당시에 계획했던 혹은 상상했던 자신의 모습과 지금의 모습은 같은가? 그렇지 않다. 우리는 지금, 4년 전에는 상상도 하지 못한 사람이 되어 있다. 달라지는 건 당연하다. 꿈이 바뀌는 것도 당연하다. 다만 그러는 속에서 그는 열심히 일하고, 사람들에게 친절하라고, 그렇게 하면 엄청난 일이 생길 거라는 자신의 말을 재인용하며 축사를 마친다.

"Work hard. Be kind. Then amazing things will happen."

초심은 소중한 마음이고, 신념은 노력으로만 얻어지는 것도 아니고, 한결같음은 많은 이들에게 감동을 주는 가치임에는 틀림없다. 그러나 우리는 변한다. 만나는 사람에 따라 만

나는 상황이나 사건에 따라 만나는 메시지에 따라 우리는 변
한다. 예전 생각을 뒤집기도 하고, 뒤집었던 생각을 또 뒤집
기도 한다. 완전히 변태하기도 하고 조금씩 나아가기도 한
다. 돈오이거나 점수이거나 우리는 어느 순간 다른 내가 되
어 있다. 솔직한 말로, 우리는 진정 무언가를 시작할 때의 우
리의 진짜 마음을 기억하고 있는 걸까 하는 생각이 든다. 초
심이란 것은, 적어도 나의 경우엔 사후적인 까닭이다.

달라지는 것에 대해, 나의 변심에 대해 변명을 하고자 한
것은 아니었는데 여튼 지금까지 달라지고 있고, 한입으로 여
러 말 하고, 앞으로도 계속 여러 말을 할 나의 향후 몇 년에
대한 변명으로 나는 기꺼이 이 미국의 코미디언을 수십 번이
고 수백 번이고 인용할 예정이다.

이제 더 이상 서로에게
신경 같은 거 안 쓰는 거야?

로빈 윌리엄스의 추억

2014년 8월. 로빈 윌리엄스의 부고를 들었다. 소식을 듣고 그와의 추억을 떠올렸다. 어렴풋한 기억으로, 아마 2009년이었던 것 같다. 샌프란시스코 어느 술집에 무심코 들어갔는데 거기, 로빈 윌리엄스가 앉아 있었다. 동양에서 온 웬 여자애가 "암유어빅팬!"을 외치며 호들갑을 떨어댔으나, 생각나는

영화제목이라곤 당시 '미세스다웃파이어'밖에 없어서 '빅팬'
과 '미세스다웃파이어'만 무한반복하던 나에게 로빈 윌리엄
스가 인자하게 웃으며 내 티셔츠에 사인을 해줬다…거나 하
는 일은 물론 없었다.

　이 위대한 희극배우의 갑작스러운 사망소식을 듣고서 황
망한 나머지, 그저 내가 좋아했던 로빈 윌리엄스의 영화들을
조용히 떠올려 봤을 뿐이었다.

　로빈 윌리엄스의 사망소식 이후 여기저기서 애도하는 목
소리가 들려오는 가운데, 코넌 오브라이언은 자신의 쇼에서
그에 대한 일화 하나를 이야기해 주었더랬다.

　여러분도 다 아시다시피, 몇 년 전 제가 힘든 시기를 겪으며 완
전 망가져 있을 때였어요. 어느 날 난데없이, 로빈이 저한테 자
전거를 사서 보내줬죠. 부모님 이후로 저한테 자전거를 사준
사람은 로빈이 처음이었는데, 그때 제 나이가 서른 다섯살이었
어요. 그리고 배달되어 온 자전거는, 정말 태어나 그렇게 이상
한 자전거는 내 보다보다 처음 봤다니까요. 형광 오렌지, 눈부
신 초록색으로 된 자전거였어요. 아니, 도대체 누가 이런 일을
하냐고요. 로빈에게 전화를 걸었죠. 로빈이 그러더라고요.

'자전거 타지 않아요?'

'맞아요, 자전거 타죠.'

'그 자전거는 보기에 충분히 우스꽝스러워요?'

'네.'

'그 자전거를 타고 다니면 우스꽝스러워 보일 것 같아요?'

'그럼요.'

'오, 좋아요 좋아. 잘됐어요. 그럼.'

자신 역시 우울증과 싸우면서, 타인의 힘든 상황에 손을 내밀고 개입하기 원했던 로빈 윌리엄스를 떠올리면 마음이 짠해지는 동시에 따뜻해진다. 코넌 오브라이언이 쇼에서 밝힌 바와 같이, 그런 상태에서 이렇게 남을 생각하고 액션을 취하는 것은 대단한 용기가 필요하거늘 로빈 윌리엄스는 말도 안 되게 너그럽고 용기 있고 따뜻하고 아름다운 사람이었던 것이다.

다른 사람이 덜 괴로워하길 바라는 마음으로, 줄 수 있는 것은 웃음밖에 없어서 그렇게 사람들을 웃게 했던 영혼. 그 마음이 소중하다.

헤아리는 일

조너선 사프란 포어의 소설 『엄청나게 시끄럽고 믿을 수 없게 가까운』은 9·11로 아버지를 잃은 아이의 이야기로, 말하자면 9·11이 배경인 셈이다. 한 인터뷰에서 기자는 작가에게 이런 질문을 했다.

"9·11이라니. 너무 민감한 주제를 다루는 건 위험하지 않나요?"

"제가 두려운 게 있다면, 위험(민감)하다고 하는 것을 다루지 않게 되는 거예요. 작가가 하는 일은 하루종일 방에서 글을 쓰는 건데, 그렇게 쓴 걸로 아무 변화도 만들어 내지 못한다면 제가 하는 일이 도대체 무슨 의미죠?"

조너선 사프란 포어가 모든 작가들을 대변하는 것은 아니지만, 이 인터뷰를 보고 나서는 어렴풋이 글 쓰는 사람들의 마음을 들여다본 느낌이 들었다. 모든 글이 대단한 변화를 만들어 내는 것도 아니고 모든 작가가 이런 마음으로 글을 쓰는 것도 아니지만, 그러나 나는 상상한다. 방 안에 앉아, 아버지를 잃은 아이의 마음을 생각하며 가슴 아파했을 작가의 어떤 시간을. 9·11이라는 무참한 사건과 비통함 속에서 자신이 할 수 있는 개입으로서 글을 쓴 작가의 마음을. 불의의 사고로 사랑하는 사람들을 갑작스럽게 잃은 사람들에게 그가 건넬 수 있는 위로의 방식으로 쓰고 지우고 또 쓰고 지우고 하며 말들을 다듬었을 작가의 그 긴 시간을. 자신의 그 노력과 시도에도 불구하고 자신의 문장들은 그냥 글일 뿐일지 모른다며 좌절하기도 했을 작가의 마음을. 그러나 그렇더라도 상심한 사람들에게 무엇이라도 전하고 싶다고 생각했을지 모를 작가의 다짐을. 더불어 코넌 오브라이언의 실패와 좌절과 괴로움의 시간을 조용히 생각하다가 그에게 우스꽝스러운 자전거를, 다른 말로 하자면 웃음을 선물해 준 로빈 윌리엄스의 마음을. 상대를 오래도록 헤아리는 마음을.

현대인의 공감능력 저하에 대해 사회학적 진단과 혀차는 소리가 여기저기서 들려오는데, 이것은 단순히 사람들이 너무 바보 같은 텔레비전만 본다거나, 스마트폰만 본다거나, 인터넷만 하기 때문이 아니다. 오히려 이것들은 원인이라기보다는 증상에 가깝다.

바로 앞의 비극을 그냥 지나치고 쉽게 모니터로 눈을 돌리는 것, 많은 것들을 비인간화하는 것, 우리는 이것에 대해서 생각해 보아야 한다. SNS에는 공감이 넘쳐나는데, 현실에서는 실감하기 어렵다. 왜일까? 우리는 이것에 대해서 생각해 보아야 한다. 왜 서로가 서로를 이해하기 점점 어려워지는지, 타인에게 내 마음을 내어주는 것이 어째서 점점 어려운 일이 되는지, 그러지 않는다면 이 세상에서 함께 살아간다는 것은 어떤 의미를 갖는 건지 우리는 생각해 보아야 할 것이다. 로빈 윌리엄스나 조너선 사프란 포어가 다른 누군가의 마음을 헤아리는 데 시간과 마음을 낸 것처럼 우리도 한 번쯤은 그랬으면 좋겠다. 그렇게 했을 때 각자가 세상을 조금은 더 아름다운 곳으로 만드는 데 일조했다고 과장되게 떠들고 다녀도 좋을 것이고.

병원에서 걸려온 그 전화는

밤. 외출한 딸은 아직 돌아오지 않았고, 부부는 서로를 희롱하며 둘만의 시간을 갖는다. 그 모처럼의 분위기를 깨뜨린 건 한 통의 전화. 지금. 바로. 병원에. 딸이.

병원으로 달려간 두 사람은 세상의 끝을 경험한다. 사고로 수술 중이라는 딸, 그러나 뭐가 어떻게 된 거라고 분명히 말해주는 이는 아무도 없고, 접수대에 앉은 간호사는 컴퓨터 앞에서 다른 사람도 아닌 바로 '우리 딸'을 딸깍딸깍 클릭 몇 번으로 파악하려고 든다. 그 여자가 원망스럽다.

'그래, 당신 딸은 지금 집에서 폭신한 침대에 안전하게 누워 있겠지!'

세상의 끝을 십수 번도 더 경험하고 있는 중에 의사라고 하기엔 어려도 너무 어린 한 남자가 다가와 하는 말, "죄송합니다."

병원에 있는 동안 세상에, 세상의 온갖 것에, 모든 사람에게 분노하던 이 부부. 그러나 누워 있는 시신은 그들 딸의 것이 아니었다. 문득 밀려오는 안심과 기쁨. 기쁘지만 마냥 좋아할 수만은 없는 기쁨이다. 기쁘지만, 동시에 밀어내지 못하는 죄책감에 사로잡힌다. 비록 우리 딸이 오늘 밤에 죽지 않았지만, 누군가의 딸이 죽었다. 오늘 밤 자신들의 딸이 죽었다는 연락을 받을 그 부부는 방금 이들이 겪은 일을 똑같이 겪을 것이다.

우리는 죽는다. 우리의 자식도 죽는다. 다만 그게 오늘이 아닐 뿐이다.

병원에서 돌아온 부부. 딸은 죽지 않고, 연예인 포스터를 벽에 붙여둔 자기 침실에서 자고 있다. 그러나 그들이 불과 몇 시간 전에 통과했던 그 슬픔과 절망은 실제로 그들에게 있었던 일이다. 비록 이후에 안심했지만, 그것은 거짓 안심이다. 다만 절망과 고통이 연기된 것뿐이다.

미국의 소설가 T.C.보일의 단편, 「운석」(Chickulub).

딸의 사고가 이야기의 한 줄기라면, 다른 한 줄기는 제목처럼 운석, 운석충돌에 대한 것이다. 운석은 계속, 지금도 어딘가에서 우리에게 날아오고 있다. 사건은, 사고는, 슬픔은, 불행은, 멈추지 않는다. 오늘이 아니라면, 내일, 어쩌면 다음 주가 될지도 모르는 운석충돌. 따라서 T.C. 보일이 평행적으로 사용하고 있는 이 메타포는 단순히 소설의 구성을 위한 장치가 아니다. 이것은 진짜다.

무한하게 제품을 생산하고, 무한하게 그걸 쓰게 만드는 자본주의의 제로섬 게임. 그리고 우리의 지속 불가능한 라이프스타일… 충돌은 불가피합니다. 그것을 안 보려면 장님이 되는 게 속 편할 거예요. 그럼, 뭘 어떻게 해야 하느고요?

… 우리는 왜 존재하는가? 세상 모든 게 왜 존재하는가? 저는 이것들을 깊게 생각하기 위해서 소설을 씁니다. 나의 공포와 비관주의를 조금은 누그러뜨리기 위해 예술을 창조하는, 어떤 행위를 하는 거죠. 이것은 저의 구원을 위해서예요. 사실 나이를 막론하고 다른 작가(예술가)들에게 딱히 해줄 충고 같은 것은 없지만, 그래도 어쨌거나 우리는 인간 존재에 관한 저마다의 핵심적인 문제를 표명하기 위해 뭔가를 만들어 내야 한다고 생각합니다. 스스로가 온전한 정신으로 살기 위해서, 그리고 바라건대 우리의 독자들 역시 그렇게 할 수 있도록 말이지요.

—T.C. 보일이 젊은 작가들에게 보내는 편지

일은 일어난다. 충돌하고 부서지고 사라지기도 할 것이다. 이 명백한 사실 앞에서 우리는 눈을 가리고 보지 않으려 애를 쓸 수도 있다. 그러나 작가는 온전한 정신을 위해, 깊이 생각하기 위해, 공포를 극복하기 위해 글을 쓴다는 말을 한다. 딸의 죽음을 미리 경험한 부부는 집으로 돌아와 안심과 기쁨의 포옹이나 감격의 말들을 나누는 게 아니라 다만 조용히 술을 들이켤 뿐이다. 자신들에게는 당장 닥친 것은 아니었지만 실제로 오늘 밤 딸을 잃은 '처원' 가족을 생각하며, 화자는 아마도 운석은 지금도 지구를 향하고 있고, 충돌은 불가피한 것임을 떠올릴 것이다.

운석은 오고 있다. 충돌이 일어날 거야.

"The rock is coming."

"The crash is coming."

보지 않는 것을 택하느냐, 보는 것을 택하느냐——이것을 선택의 문제라고 생각할지 모르지만, 그것은 착각이다. 사실 우리는 선택하지 않는다. 사실 우리는 선택하지 않는다/못한다는 것을 어렴풋하게 느낀 사람들은, 돌진하는 운석을 보고 고개를 돌리지 않은 사람들이다.

병원에서 걸려온 전화는 단순히 딸의 위급함을 (잘못) 알리는 전화가 아니었다. 그것은 우리에게 운석이 오고 있음을, 곧 충돌할 것임을 알리는 전화다.

글을 써보지 그래

1.

배우 제이슨 시걸은 말한다.

글쓰기는 언제나 좋은 친구였어요. 제가 필요로 할 때 늘 있어
주죠. 늦은 밤에도요. 또, 피아노를 연주한달지 하는 일들은 늘
제가 필요로 할 때 아무 때고 그 자리에 있어 주잖아요. 연기를

하고 있지 않을 때, 외롭다거나 할 때 말이에요. 그래서 그런 일들을 소중하게 생각합니다.

생각해 보니 그렇다. 새벽이건 밤이건 혼자서 시간을 보내며 할 수 있는 일, 글쓰기. 몰입을 해서 문장과 어휘를 고르고 있다 보면 시간은 어느새 저만치 가 있다. 글쓰기를 친구라고 말하는 사람, 외롭거나 심심할 때 할 수 있는 일이라고 여기는 사람들에게 ── 그가 프로 작가이건 아니건 ── 글쓰기는 놀이이고, 즐거움이다. 영화나 연극 대본일 수도 있고, 일기 한 편일 수도 있고, 누군가에게 보내는 편지일 수도 있다. 글을 쓰는 그 시간 동안 우리는 다른 걸 잊는다. 그리고 이렇게 글쓰기가 놀이인 동안은, 글쓰는 사람이 대단한 문장가이거나 써본 글이라고는 "엄마 시장 갔다 올게" 메모가 전부인 사람이라거나, 전혀 상관없다. 쓸 수 있는 만큼, 표현할 수 있는 만큼, 가닿을 수 있는 만큼, 우리는 즐길 수 있다. 시간과 장소를 막론하고 늘 할 수 있다는 점 말고도 각각의 수준과 차원에서 즐거움과 만족을 누릴 수 있다는 점에서 글쓰기는 대단히 소중한 인간의 행위가 아닐 수 없다. 시인이건, 한글을 겨우 뗀 아이건 모두에게 그렇다.

2.

또 다시 배우 제이슨 시걸. 그는 동시에 극본가이기도 하다. 그의 극본가로서의 커리어는 어떻게 시작되었는고 하니, 드라마가 조기종영되고 일이 없어 쉬고 있을 때 그가 한 일은 다름이 아니고 글을 쓰는 것이었다. 어느 날 제이슨 시걸에게 영화감독이자 작가, 프로듀서인 저드 애파토가 와서 이런 말을 했다고 한다.

내 말 좀 들어봐. 넌 이상한 사람이잖아. 뭔가 해내고 싶으면, 너만의 글을 써야 해.

그리고 제이슨 시걸은 후에 "내가 지금까지 들었던 것 중 최고의 충고였다"는 말을 했다.

3.

이번엔 저드 애파토 이야기.

코미디를 병이 되게 사랑했던 소년 저드 애파토는 흔한 말로 '너드'였고, 코미디클럽에서 설거지를 하면서까지 코미디언들과 같은 공기를 마시고 싶어하는 아이였다. 고등학교 시

절에는 라디오방송을 실제로는 하지도 않으면서(실제로 주
파수가 있긴 했으나, 겨우 주차장 정도에서나 들을 수 있었다)
"나는 코미디 라디오방송 진행자다. 쇼를 위해 인터뷰를 해
달라"며 그가 신처럼 떠받들던 코미디언들을 찾아다녔다. 제
이 르노나, 제리 사인필드 같이 굉장한 코미디언들도 무려
이 열네 살짜리 너드에게 인터뷰를 해주었는데, 저드 애파토
는 "그때는 인터넷이 있던 시절이 아니라 아마 그 사람들도
시간이 그리 없지는 않았을 것"이라는 우스개로 옛시절을 회
상했다.

아무튼, 시간이 흘러 이 코미디 너드는 자신만의 코미디왕
국을 세웠고, 세스 로건, 조나 힐, 제이슨 시걸, 폴 러드, 스티
븐 카렐, 제임스 프랑코 등을 아우르는 자신의 사단이 생기
기에 이른다. 명실공히 코미디계의 거물이 된 저드 애파토는
어느 날, 기금모음 아이디어를 고민하는 소설가 친구 데이브
에거스와 이야기를 하던 중 자신의 고등학교 시절 인터뷰 더
미를 떠올린다.

저기 있잖아. 내가 고등학교 때부터 해온 어마어마한 인터뷰가
있는데, 그게 어쩌면 뭔가 재미난 책이 되지 않을까?

저드 애파토의 코미디 인터뷰집(*Sick in the Head*)은 이렇게 시작되었다. 아니, 정확히 말하자면, 수십 년 전 인터뷰의 시작이 비로소 끝을 맺었다고 해야 할까!

그가 쓴 책은 그 자신이 오래전 TV 앞에 앉아 미국 코미디 쇼를 보면서 녹화를 하던 것처럼 방안에 앉아서 인터넷의 웃긴 동영상을 보고 있을 아이들에게 영감이 되기를 바라는 마음으로 만들어졌다. 어쩌면 '오덕의 역사'와도 같은 이 책이, 그 아이들이 스스로 덜 이상한 사람이라고 느끼도록, 덜 외롭게 만들어 주기를 바라는 마음으로 말이다.

느지막하게 일어나 밤늦게까지 TV를 보고, 새벽엔 글(코미디 대본)을 쓴 코미디 덕후, 저드 애파토. 그가 제이슨 시걸에게 했던 말처럼, "나는 빼도 박도 못하고 이상한 사람인데, 그 이상한 걸 어쩔 수 없을 때, 다른 사람들이 만들어 놓은 틀에 맞춰 살 수 없다면… 자기만의 것을 만드는/쓰는 수밖에 없다". 부모님의 이혼과 썩 아름답지도 행복하지도 않았던 자신의 유년시절을 극복하는 방법으로 코미디를 택한 이 남자의 충고를 듣고 있자면, 살면서 뭔가 나는 이곳에 맞지 않는다고 느낀 적 있는 사람이라면 저마다 지금 당장 키보드를 두드려야 할 것 같은 느낌이 든다.

"너는 이상한 사람이야. 좀 평범해지는 게 어떠니?" 나는 이런 말을 거의 평생 들으면서 자랐다. 왜 남들처럼 하지 않느냐고, 제발 좀 평범해지면 안 되냐고. 나도 할 수만 있다면 그러고 싶다고 생각했던 것 같다. 하지만 또 한편으로는 이렇게 생겨먹은 걸 어쩌겠나, 자포자기(?)의 심정이었던 게 사실이다. 그런 와중에 저드 애파토의 말을 들으니 어쩐지 그의 충고가 나를 향한 말 같아 묘하게 위로가 되었다. 아마 나 말고도 많은 사람이 같은 마음이었으리라.

이상함을 위해 글을 쓰고 자신만의 세계를 만들어 내라는 말, 그 말은 우리 모두에게 하는 말이다. 우리는 모두 저마다의 방식으로 이상한 사람들이다. 그 이상함을 인정하고 나의 것으로 만드는 일의 시작은 뭐가 되었든 글로 쓰는 일이다.

"You write your own material."

끝 다음엔 바로 시작

1.

평정심/평상심은 그냥 주어지는 상태가 아니라, 투쟁이야.

어떤 감정에 '끝'이라는 건 결코 오지 않아.

그리고 그 깨달음을 받아들이는 것은, 그 깨달음의 지점에 도

달하는 것만큼이나 어려운 일이지.

드라마 「엘리멘트리」에서 셜록의 대사다. 드라마 대사가 이렇게 멋있어도 되나 하면서 노트에 이 말을 옮겨 적었다.

셜록, 혹은 내가, '잘 산다'는 건 어떤 걸까. 평정심이란 건 언제 올까. 오기는 오는 걸까. 모리아티를 잡으면 끝일까? 범죄가 이 세상에서 사라지면 마침내 행복해질까? 미스터리가 전부 풀리면…?

내가 일상을 무심히, 소위들 말하는 '별일없이 산다'는 식으로 산다는 건 특별한 일——사건과 사고——이 없을 때의 상태처럼 그냥, 거저 주어지는 게 아니고 우리가 끊임없이 투쟁해서 매일매일 얻어내야 하는 결과(이자 과정)이다. 게다가, 셜록의 깨달음처럼, 어떤 완결의 순간은 도래하지 않는다. 왜냐하면, 그런 건 존재하지 않기 때문이다.

'이 또한 지나가리라. 그리고 또 다른 게 오리라'라는 말이 맞다. 우리의 감정과 삶은 문장이 아니어서 마침표를 찍는다고 끝나지 않는다. 잊었다. 라고 마침표 꾹 눌러 적더라도 어떤 일들은 도무지 잊히질 않고, 괴롭다! 느낌표로 에지를 준 고통스러움은 영원하지 않다. 감정과 감각은 멈추거나 종결되거나 박제되지 않는다. 그것들은 그저 흐른다. 우리는 그리고 그것들이 흐르는 것을 본다.

2.

부족한 건 없는 것 같은데 풍족하지도 않다. 딱히 불행한 것 같지는 않은데 행복하지도 않다. 뭔가 불안한 이 느낌은 언제 끝날까? 취직을 하면? 가정을 꾸리면? 집을 사면? 그런데, 그 전에. 끝이란 게 있긴 있고?

3.

결혼이 사랑의 완성이 아니듯, 이별이 사랑의 끝은 아니다. 끝이라는 건, 안심하고자 하는 우리가 만들어 낸 환상이다. 끝이 없다는 것, 아무것도 끝나지 않는다는 사실은 우리를 공포스럽게 하기 때문이다.

4.

영화 「해리포터」 스네이프 교수 역의 배우로 유명한 앨런 릭먼의 사망 후, 킹스크로스역 정거장 9와 3/4은 그를 기리는 곳이 되었다. 꽃이 놓이고 편지가 놓였다. 사람들이 계속해서 그곳을 찾았다. 이야기가 끝나고, 영화가 끝나고도 끝나지 않는 것들이 있다. 그는 이곳에서 영원히 산다. 끝이 없다는 것은 공포인 동시에 경이로움이기도 하다. 무섭지만, 한편으로 우리를 안심하게 한다.

그리고 이렇게 끝이 없다는 것은 우리에게 생각할 여지를 남긴다. 끝이 없다는 건, 영원이라는 건, 오히려 현재와 순간을 사유하게 한다. 1분 1초가 모두 영원이다. 그것들은 사라지지 않는다. 내가 잘 보낸 1분 1초는 영원히 남아 흐르고 흐른다, 어딘가에서.

'시간을 잘 보내자'는 말은, 단순히 새해 무렵의 교훈이나 다짐이 아니다. 모든 순간을 유의미와 유용으로 채우자는 말도 아니다. 나는 다만 우리가 이것을 '의식'해야 한다고 말하는 것이다. 후회하기 싫으면 그렇게 살지 말고, 그렇게 살 거면 후회하지 말라는 말—— 이런 클리셰가 진리가 되는 순간이 있다.

…나이는 죄가 아니다.

하지만

일부러

흥청망청 살았던

수많은 삶 중에

일부러

흥청망청

살았던

부끄러운 삶은

죄이다.

— 찰스 부코스키

5.

내 머릿속에 상주하는, 존경해 마지않는 한 소설가는 말씀하

셨다.

"Choose with care. You are what you love. No?"

신중히 선택할 것. 너는 곧 네가 사랑하는 것과 같으니.

그렇지 않은가?

삶을 살면서 이미 주어진 것들, 내가 선택하기도 전에 정

해진 것들이 많지만 모든 것이 다 그렇지만은 않다. 그렇기

때문에 선택을 할 때 신중하고, 그 선택과 결과, 혹은 과정을

'의식'해야 한다. 왜냐하면 그것들은 결코 끝나지 않기 때문이다. 쉬운 예를 들어, 너와 나누었던 대화는 헤어짐 이후에도 내 속에서 혹은 너의 속에서 계속되고, 엊그제 마지막 장을 덮었던 책은 내 머릿속에서 계속해서 대사와 장면이 되풀이된다. 엔딩크레딧에 마지막 NG 장면까지 본 영화인데도 아직 끝나지 않고 배우의 표정과 대사가 내 속에서 재상영됨은 물론이다. 끝 다음엔 바로 시작이다. 그리고 그렇게 사실상 "끝이 없다"는 걸 (말이 아니고 '진짜'로) 받아들이는 순간은 우리 개인의 삶이 전복되는 엄청난 순간일지도 모른다.

소녀가 울 때

…브루클린 포트그린에서 울고 있는 사람을 봤습니다. 친구와 아침을 먹으려고 했는데, 약속시간보다 조금 일찍 도착해서 식당 밖 벤치에 앉아 핸드폰에 있는 연락처를 죽 내려보고 있자니 열다섯 정도 되었으려나, 한 소녀가 반대쪽 벤치에 앉아서 전화기를 들고 울고 있는 거예요. 들리기로는 "알아요, 나도 알아요. 알아요." 계속해서 그 말을 반복했어요.

… 좀 더 운 후에 전화를 끊고 소녀는 핸드폰을 자기 무릎 위에 올려뒀어요. 저는 선택의 상황에 봉착했죠. 이 소녀의 일을 내 일로 만들 것이냐 말 것이냐. 그것이 아이의 기분을 상하게 할 수도 있고, 쉽게 말해서 좀 부적절할 수도 있지만 어쩌면 그녀의 괴로움을 좀 덜어줄 수도 있고, 논리적인 측면에서 도움이 될 수도 있을지 모르는 거죠. 공공장소에서 열다섯 소녀가 우는 건, 마흔 먹은 어른이 그러는 것과 결코 똑같지 않잖아요.

전 소녀에게 다가가 말했죠, 날씨 참 좋지?

그러자 소녀가, 추워요.

그리고 전, 어 그래 맞아, 내가 왜 좋다고 했는지 모르겠네.

소녀는 좀 웃었어요.

널 귀찮게 하고 싶지 않지만 내가 혹시 뭐 해줄 수 있는 일이 있는지 말해 줄 수 있겠니?

부끄러워요.

그럴 필요 없어.

전 막 공공장소에서 우는, 그런 종류의 사람이 아니에요.

누구라도 그렇지.

소녀는 전화기를 들었다가 다시 무릎에 올려두며 말했어요. 저 오늘 제 생모를 만나러 가요.

제가 물었죠. 아 그래서 아까 엄마랑 통화한 거니?

아뇨, 아무하고도 얘기한 거 아니었어요. 그냥 연습한 거예요.

뭘 연습해?

엄마에게 가겠다고 말하지 않았거든요. 그래서 엄마에게 하는 말을 연습한 거예요.

전 좀 더 밀어붙였죠.

네가 계속해서 "알아요, 알아"라고 말했잖아. 그건 어떤 말에 대한 대답을 연습한 거였니?

엄마와 이야기한다고 상상하고, 엄마가 날 사랑한다고 말한다고 상상했어요.

아니, 소녀는 이렇게 말하지 않았어요. 사실, 이 중 어떤 일도 일어나지 않았죠. 전 다가가지 않는 쪽을 택했어요. 원치 않는 방해는 아마도 소녀의 슬픔을 배가시킬지도 모른다는 생각에 잠자코 앉아 지켜보기만 했죠. 저도 제가 뭘 하는지 몰랐어요. 소녀가 어딘가 갈 곳이 있는 건지 보면서 기다리다니 말이죠. 혹시 자해를 하는 건 아니겠지? 전 마치 제가 소녀를 보호하고 있다는, 이상한 기분이 들었어요. 몇 분 정도 지났을까, 차 한대가 와서 아마도 엄마인 것 같은 여성이 조수석 문을 열고 "내 새끼 어서 타"라고 말하자 소녀는 차에 올라타고선, 저를 스쳐 지나며 "잘 지내세요" 하고 말했어요.

아니, 소녀는 이렇게 말하지도 않았죠.

상황에 개입하는 건, 그렇지 않는 것보다 더 힘듭니다. 그러나 둘 중 뭐라도 하는 걸 고르는 건 핸드폰 속 연락처를 훑어보거나 좋아하는 게임 속으로 빠져들어가는 일보다 훨씬 어렵죠. 기술은 '연결'에 있어서는 축복이지만, 또한 우리를 철수/후퇴 하게 만듭니다. 핸드폰이 없었다면 전 아마 울고 있는 웬 낯선 사람을 그냥 무시하지 않았을지 모릅니다.

핸드폰이 저로 하여금 인간적 관계를 피하게 만들었다는 말이 아닙니다. 하지만 분명, 그 순간, 울고 있는 소녀를 무시하는 일을 훨씬 더 쉽게 만들어요. 그리고 내가 그렇게 하기로 한 선택을 더 쉽게 잊게 만들고요.

제 일상에 있어서 기술문명의 커뮤니케이션은, 저를 타인을 더 쉽게 잊는 사람으로 만들어 갔다고 할 수 있는데요, 아주 조금 씩 조금씩, 물결이 바위를 깎아내듯, 우리의 일상도 마찬가지 입니다. 우리 습관의 흐름/물결이 우리를 조각하며 만들어 갑니다.

2013년 미들베리 칼리지, 조너선 사프란 포어의 졸업연설 일부다.

어느 날 친구를 기다리면서 울고 있던 소녀를 봤던 일. 그 소녀에게 왜 우냐고 묻지 않았던 일. 그냥 핸드폰을 들여다 보고 있었던 일. 이것은 반드시 조너선 사프란 포어가 말하는 것처럼 "핸드폰이 (그를) 인간적 관계를 피하게 만들"었다는 말만은 아니다. 기술문명이 얼마나 우리를 주변에 무관심하게 만드는지에 대한 이야기를 하고 싶은 것도 아니다.

타인을 생각한다는 것은 내 삶에서 어떤 의미가 있는 걸까——우리는 이것을 생각해 본 적이나 있을까? 현금가치로 환산이 되는 것도 아닌 우정, 관심, 배려, 존경… 이런 것이 과연 우리에게 의미란 걸 가질 수 있는지 말이다. 조너선 사프란 포어가 말하듯 우리의 습관이, 생각과 말과 행동이 만들어 내는 그 흐름이 우리도 모르는 사이에 우리를 만들어 갈

텐데, 살면서 자신에게 이런 질문들조차 던지지 않고 산다면 조금씩 깎아지면서 조각되는 우리는 5년 뒤, 10년 뒤에 과연 어떤 모습을 하고 있을까?

우리는 사물들이 아니라 이야기로 만들어진 세상에서 산다. 우리는 단순히 메모가 아니라, 기억으로 만들어진 존재이고, 단순히 좋아하는 것들이 아니라 사랑하는 것들로 만들어진 존재다. 다른 사람한테 관심을 기울이는 것, 그것은 인생의 목적이 아니라 그냥 인생이 하는 일이다. 엉망일 수도 있고 고통스러울 수도 있다. 당연히 말도 안 되게 어려울지도 모른다. 그러나 이것은——타인의 삶에 관심을 기울이고 애쓰는 것—— 우리가 단순히 누군가에게 베풀고 줘버리는 것이 아니다. 우리가 인생에서 죽음에 대한 대가로 '얻는' 것이다.

포어는 졸업연설의 골자를 담은 글을 『뉴욕타임스』에 실었다. 제목은 「어떻게 외롭지 않을 수 있을까」.

우리가 타인에게 관심을 기울이거나 도움을 준다거나 개입을 하는 일에 대해 우리는 '선심'을 쓴다고, '베푼다'고 생각한다. 그러나 이 글에서는 정반대의 이야기를 한다. 관심과 배려는 우리가 남에게 주는 것이 아니고 인생에서 우리가 얻는 것이라는 말, 이 말은 인생의 놀라운 반전을 담고 있다.

죽음을 대가로 우리가 인생에서 얻을 수 있는 것을 생각할 적에 넓은 아파트와 신형 자동차가 아닌, 다른 것들을 떠올릴 수 있었으면 좋겠다. 소녀가 울고 있다면 다가가 말 걸어줄 수 있었으면 좋겠다. 사회적으로 배려가 필요한 사람이 있다면 이미 무참함을 느낄 그들의 마음을 조금이나마 헤아려 줄 수 있었으면 좋겠다. 전교생에게 가난을 들키는 것보다 밥을 굶고 학교를 그만두는 것이 당연한 선택으로 생각되는 어린 아이들의 마음을 알아줬으면 좋겠다. 우리 모두 이미 바쁘고 할 일 많은 사람들이지만 그래도 누군가를 도와주는 일이 필요하다고 여겼으면 좋겠다. 난생처음 보는 누군가 도와 달라고 할 때 설령 그게 거짓인 걸 알아도 속아주기도 했으면 좋겠다.

그냥, 좀 그랬으면 좋겠다.

무슨 말인지 모르겠다는 말에 대하여

1.

죄, 사랑, 공포와 같은 단어는 순전히 소리에 불과하다. 죄를 지어 본 적도, 사랑해 본 적도, 두려워해 본 적도 없는 사람들이 가지지 못했고, 그 말을 잊어버릴 때까지 가질 수도 없는 행위를 가리키는 단어일 뿐이다.

말과 행위가 맞아떨어지지 않을 때 사람들 사이에는 틈이 생긴다. 늘 그렇듯이 무서운 밤, 거친 어둠으로부터 들리는 거위의 울음소리처럼 언어는 떨어져 내린다. 누군가 군중 속의 두 얼굴을 가리키며, 너의 엄마다 혹은 아빠다 말할 때, 정신없이 그 얼굴을 찾아 헤매는 고아처럼, 말은 그것이 가리키는 행위를 찾아 헤맨다.

— 윌리엄 포크너, 『내가 죽어 누워 있을 때』

2.

어떤 단어를 알면, 통 들리지 않던 영어가 술술 들린다. 하루 아침에 영어실력이 뛰어올랐다거나(음, 그래 외국어는 계단식으로 느는 거라고 그랬다) 그런 일…이 있을 수도 있지만 사실 여기서 달라진 건 단어 한두 개 정도다. 단어 하나를 아는 것은 단순히 내 단어장에 글자 몇 개가 추가되는 문제가 아니다. 문장을 이해하고 상황을 이해하고 세계(의 일부)를 이해하게 되는 일이다. 언어를 쓰는 것, 잘 쓰는 것, 공부하는 것이 중요한 이유다. 안 들리던 걸 들리게 해주고, 안 보이는 걸 보이게 해준다. 그 말을 하는 상대를 이해하게 되고, 그가 어떤 배경과 맥락에서 그 이야기를 하는지 조금은 가늠할 수 있게 된다. 답답함이 줄어든다. 노파심에 한마디 덧붙이자면, 이건 단순히 영어청취 이야기를 하는 게 아니다.

3.

삶에서나 언어에서나 나와는 전혀 다른 전제를 갖는 사람을 종종 만난다. 이것은 피할 수 없는 일이다. 내가 가진 경험의 폭은 유한하고, 상대도 그러하다. 사람들과 교유함에 있어 교집합이 없는 것은 어쩌면 디폴트값으로 받아들여야 하는 조건이다. 애초에 커뮤니케이션이란 불가능한 것이다. 그러나 우리는 이런 불가능성의 조건 속에서 삶을 산다. 말이 안 통하는 사람, 소위 코드가 안 맞는 사람, 관심사가 잘 안 겹치는 사람, 도무지 이해가 안 되는 사람, 혹은 그냥 싫은 사람들을 만나며 그 속에서 살아갈 수밖에 없다.

일본어 번역가 양억관 선생님은 말씀하셨다. 번역을 한다는 건, 단순히 언어를 잘 아는 것만이 아니라고. 어떤 외국어로 된 기호체계와 문화를 이해하고 더 나아가 역사적 인간으로서의 작가 개인, 그 속으로 들어가는 일이라고. 그런 면에서 번역이라는 일은 (그 사람이 된다는 의미에서) 샤먼적인 측면마저 있다고. 그 이야기를 듣고 사실 우리가 하는 모든 일은 번역이라는 생각도 들었다. 나는 나의 언어로 말을 하지만, 상대는 그의 언어로 받아들인다. 내가 가진 어휘와 표현, 그가 가진 어휘와 표현이 다르고 당연히 이해의 폭도 다르다. 각자가 이미 가진 것만으로 서로를 파악하려는 시도는 그래서 조금은 부질없다. 어려울뿐더러 거의 불가능하기 때문이다.

4.

부질없고, 불가능한 시도에도 불구하고 그러나 나는 아직은 모르고 싶지 않다. 매일매일 말을 하고, 글을 쓰고, 무언가를 읽으며 살아가는데, 누군가의 말이나 글을 이해할 수 없다고 해버리는 일은⋯ 하면 안 되는 일이라고 생각한다. 단어가, 우리가 하는 말들이 다만 그저 하나의 소리에 불과하지 않음을 모두가 믿는다면 말이다.

이런 느낌 처음인데, 이거 병인가?

살면서 매순간 지극한 기쁨이나 보람, 설렘을 느끼는 건 어렵다. 많은 경우 사람들은 이렇게 매순간 지극히 기쁘거나 설레지 않을 때 심심하다는 말을 한다. 점점 더 강한 자극이 필요하고 점점 더 새롭고 놀라운 게 필요하다. 게임이나 오락에서 유도하는 짜릿함, 쾌감, 흥분… 이따금 이런 자극은 평소라면 느끼지 못할 것들을 느끼게 하면서 마치 신세계로의 초대장이라도 된 것처럼 사람들을 유혹한다. 그런 흥분 없는 삶은 지루하기 짝이 없는 거라는 식의 메시지. 그러나 과유불급은 여기에서도 예외는 아니다. 아드레날린만 가득하다면 우리는 물리적으로 살 수도 없을 뿐만 아니라 우리를 흥분시켰던 그 자극도 더 이상 자극으로 기능하지 못한다.

　　많은 이들에게 매력적인 제안은 아니겠지만, 심심하다는 말이 입버릇이 된 사람들에게 나는 '인식'하는 것에 대한 이야기를 하고 싶다. 매순간 재미있는 것과 매순간 인식을 하며 사는 것은 반드시 다른 문제이기만 할까? 보려고 하지 않는 사람에게 우리가 지금 앉아 있는 이 방, 이 사무실은 별다른 의미 따위는 찾을 수 없는 공간이지만 보려고 하면 우리는 지금부터 서로가 앉아 있는 방에 대해서, 오로지 방에 대해서만 세 시간이 훌쩍 넘게 이야기할 수도 있다. 내가 이야기하고 싶은 것은, 아무 의미 없는 것들이 갑자기 의미를 갖게 된다는 것이 아니다. 무언가——대상이건 사건이건——를 인식하며 산다는 것은 나를 인식하며 산다는 것이고, 나를 인식하며 산다는 것은 내 삶을 전체로 산다는 말이기도 하다. 어딘가에, 이 시간이 끝나면 재미난 일이, 흥분되는 일이,

까무러치게 좋은 대단한 삶이 있겠지?…가 아니라 바로 지금 딱히 언급할 만할 게 없는 것 같은 우리의 일상을 온전히 내 것으로 인식하는 일. 이제, 그것이 어떻게 가능한지에 대한 이야기를 하려고 한다.

수업을 시작한 후로 모든 것이 다르게, 더 밝고 더 민감하고 좀 괴상하게 와닿는데, 꼭 병이라도 걸린 기분이다.

이것은 교도소에서 작문수업을 듣기 시작한 한 사내의 소감. 작문수업을 듣고, 글을 쓰고, 쓰기 위해 단어를 채집하면서 그는 마치 초능력자라도 된 듯 눈과 귀와 피부로 모든 걸 느끼기 시작한다.

나는 이런 말들을 잡아채 머릿속에 가두어둔다. 각각의 말들은 하나의 삶이 오롯하게 기록된 DNA를 지니고 있기 때문이다. 그 말이 딱 들어맞고, 너나없이 사용하는 말이기 때문에 그 뜻이 통하는 삶을 말이다. 나는 그 말들을 저장하고, … 이유는 모르겠지만, 은행에 저금해 둔 돈을 떠올릴 때처럼 뿌듯해진다.

제니퍼 이건의 소설 『킵』에서는 글을 쓰기 시작한 사람들이 단어를 채집하고 감정을 기록해 두는 그 처음의 느낌을 잘 다루고 있다. 글은 특별한 사람만 쓰는 거 아닌가요? 하던 사람들이 자기들이 직접 글을 쓰기 시작했을 때 나는 실제로 저런 고백을 들었다. 평소라면 지루하던 모든 대화가 재미있고, 사람들의 버릇이나 습관을 그냥 흘려보내지 않게 된다는 말. 그래서 모든 순간이 재미있다는 말. 유명 작가들이 하는 말이 아니라, 처음으로 펜을 들어 자기 이야기를 쓰기 시작한 사람들이 하는 말이다. 그렇다면 다른 사람의 이야기를 읽는 건 또 어떨까?

한 작품을 다 읽고 교실이나 내 방에 돌아오면 현실은 아주 조금 모습을 바꾸고 있다.

단단한 바위라고 생각했던 현실의 이곳저곳에 수많은 문이 숨겨져 있고, 그 문에 닿아 보면 같은 감촉의 문은 하나도 없다. 어떤 문은 움푹 패여 있고, 어떤 문은 산들산들 부드럽다. 지금까지 내가 무엇을 하고 있었던 걸까, 무엇을 보고 있었던 걸까, 과장이 아니라 그런 것을 생각했다. 재미없는 수업에 들어가거나 점심식사를 같이 하기 위해 누군가를 친구라고 생각하거나,

실연하고 울어보거나, 도대체 무엇을 능숙하게 흉내 내며 하루 하루를 살고 있었던 걸까. 현실은 이렇게 다양한 것이라는데. 현실의 틈이라는 틈에 내가 있을 곳이 존재하는데.

무언가가 크게 달라진 것은 없다. 두꺼운 그 책을 도서관에 반납하고 학교에 가야만 하고, 점심식사를 혼자서 먹는 것도 아니고, 질리지도 않고 사람을 좋아하게 되고 들뜨고 설레기도 한다. 하지만 나는 그때 한 명의 작가를 알게 되면서 내 안의 무언가가 구원 받았다고, 지금도 그렇게 생각한다.

— 가쿠타 미쓰요, 『보통의 책읽기』

가쿠타 미쓰요는 "책이 재미있다는 건 아주 어려서부터 알고 있었다"는 말을 하는 책덕후다. 그녀는, 옷을 사달라고 떼써본 적은 없지만, 책이라면 울음을 그칠 정도로 언어와 언어가 만들어 내는 세계의 재미를 알고 있었다. 가쿠타 미쓰요는 어린이집에 다니던 시절부터 다른 아이들보다 발달이 느려 제대로 말을 못했고, 그러다 보니 제대로 놀지도 못해 친구가 한 명도 없었다는 고백을 한다. 친구 없는 아이에게 쉬는 시간이 얼마나 고통스러웠을까. 그래서 그 고통에서 도망치기 위해 가쿠타 미쓰요가 한 일은 책을 읽는 것이었다. 친구가 없다거나, 다른 사람들은 쉽게 할 수 있는 일을 왠지 자기는 못하는 사실도 책을 통해 만나는 다른 세계에서는 잊어버릴 수 있었다고. 아니 그 세계에서는 그런 건 애초에 전혀 상관없는 일이었다고.

어떤 식으로든 책은 인간을 돕는다. 위로가 되었건, 즐거움이 되었건, 탈출구가 되었건, 책은 다양한 형태로 인간에게 영향을 미친다. 우리는 다양한 이유로 책을 읽는데, 그렇게 책을 읽다 보면 가쿠타 미쓰요의 말처럼, 어느 지점에선 세계가 달라지는 경험을 한다. 이제 돌이 그냥 돌이 아니고 컵이 그냥 컵으로 보이지 않는 때가 온다. 내가 너와 책상을 앞에 두고 마주앉은 이 사무실이 더 이상 무미건조한 한 칸의 방이 아니게 된다. 친구 아무개는 더 이상 그냥 아무개가 아니고 엄마는 그냥 내게 익숙한 엄마가 아니다. 모든 사람과 사물이 그 자체로 인식되는 경험. 이런 경험은 해보지 않으면 도무지 어떤 것인지 알 수 없다. 그리고 이런 경험은 어디까지나 혼자만의 경험이라는 점에서 특별하고 고유하다. 이 특별하고 고유한 경험은 우리의 삶을 다르게 만들 수 있다고 말하면 너무 거창할지 모르지만, 역시 가쿠타 미쓰요의

"나는 그때 한 명의 작가를 알게 되면서 내 안의 무언가가 구원받았다고, 지금도 그렇게 생각한다"는 말을 가져와 마치 내가 한 말처럼 반복해서 말하고 싶다. 이런 점에서 우리는 읽고 쓰는 것을 멈추지 않아야 한다고, 나는 생각한다. 구원이라는 말 역시 거창하게 느껴진다면, 그냥 변화나 즐거움이나 새로움 등등 원하는 말들로 바꿔 읽어도 얼마든지 유효할 것이다.

크게 달라지는 건 없지만, 난생처음 사랑에 빠져 이거 병인가 봐 하고 달라지는 자신의 몸과 마음을 실시간으로 체감하는 사람처럼 우리는 그렇게 다른 1분, 다른 1시간, 다른 하루하루를 보내게 될 것이다. 이런 느낌 처음이라 당황스럽겠지만, 천만다행으로, 병은 아니다.

풍선은 거울

어느 날 풍선이 나타났다. 건물을 뒤덮고 북쪽으로 북쪽으로 향하며 떠다니는 그 거대한 풍선은 출렁대는 듯, 그러나 동시에 부드러운 움직임으로, 팽창하며 하늘을 뒤덮었다. 어떤 사람들은 "재밌네"라고 말했고, 아이들은 풍선으로 뛰어오르며 놀았다. 누군가는 풍선을 "맨해튼 하늘에 침입한 이물질"이라고 했고, 어떤 이들은 풍선의 완벽한 무목적성을 견디지 못하고 짜증을 냈다. 풍선이 나타난 지, 그리고 그냥 별다른 일이 벌어지지 않은 채로 가만 있은 지 22일이 됐다. 풍선 아래에서 마침내 연인과 재회한 화자에게 연인이 묻는다.

"이 풍선, 당신 거야?"

화자는 그렇다고 대답했다. 풍선은 다름 아닌, 떠나간 연인의 부재에 좌절한 화자의 마음이 만들어 낸 것이었다. 이제 연인이 돌아왔으므로 그 풍선은 필요하지도 적절치도 않으므로 화자는 풍선을 없애 버렸다. 풍선은 버지니아 서부의 어느 창고에서, 이 다음에 또 화나거나 불행할 때를 대비하여 화자를 기다리고 있다.

이것은 도널드 바셀미의 단편, 「풍선」의 줄거리다(이것을 줄거리라고 부를 수 있다면).

불현듯 시내에 등장한 거대한 풍선에 대한 사람들의 반응과 태도는 제각각이었다. 풍선은 아무것도 하지 않은 채로, 어떤 상황도 만들지 않으며 그저 존재하고 있었건만 그 풍선을 가지고 상황을 만든 건 사람들이었다. 호들갑을 떨고, 가지고 놀고, 걱정을 만들어 내기도 했다. 그러나 이야기의 끝에서 확인한 바와 같이 이 풍선은 화자의 마음이 만들어 낸 것이다. 맨해튼 하늘을 뒤덮을 정도로 거대한 그 풍선이 그래서 있었다는 건가 상상이라는 건가. 사람들은 "그래서 그게 실제로 그랬다는 거야, 어쨌다는 거야?"를 늘 궁금해하지만, 우리가 확인할 수 있는 건 여기까지다.

이 이야기를 읽고 있자니, 풍선이 거울로 보였다. 하늘을 가린 거슬리는 물체가 되는 것, 보는 것만으로 신기한 즐거움이 되는 것, 나에게 여유를 주는 계기가 되는 것, 도무지 수상해서 세계 안보의 위협이 되는 것, 이것은 풍선이 하는 일이 아니다. 풍선을 보는 우리가 하는 일이다.

A라는 사람은 B에게는 좋은데, C에게는 별로다. D라는 사람은 A에게는 매력적인데 C에게는 지루하기만 하다. 우리는 누구를 만나느냐에 따라 달라지는 스스로를 실감한다. 한쪽에서는 심각의 아이콘인 사람이 다른 한쪽에서는 개그의 꽃이 된다. 그 사람이 여러 인격의 가면을 쓰고 사람들을 대하기 때문이라기보다는 만남과 관계라는 것은 일종의 거울 기능을 하기 때문이다. 우리는 상대에게 자신을 투영한다. 누구도 그 자체로만 존재하진 않는다.

"부인, 제가 방금 쓴 글인데 어떻습니까?"

그녀는 마지못해 대답했다.

"괜찮군요."

마치 내가 스트립쇼를 하는 술집의 광고 전단이라도 돌리는 듯한 대꾸였다.

다시 제자리로 돌아와 앉은 나는 찬바람에 떨면서, 지나가는 사람들에게 일일이 60초 소설을 써주겠다고 말했다. 이런 나의 행동은 일종의 심리 테스트와 닮아 있었다. 다시 말해 나는 일종의 인간 로르샤흐 테스트 용지였다. 아무도 내가 거기서 무엇을 하고 있는지 알지 못했고, 나 또한 내가 뭘 하는지 몰랐기 때문에, 사람들은 나의 이런 행동에 어떤 의미가 있는지 각자의 성격에 따라 해석을 내려야만 했다.

어떤 사람은 냉소를 보이며 이렇게 말했다.

"교묘한 속임수군."

마치 내가 돈 벌 궁리를 하다가 마침내 이런 일을 꾸민 게 틀림없다는 말투였다. 또 다른 사람은 동정 어린 눈빛으로 나를 보며 말했다.

"굶주린 시인이야!"

어느 나이 든 여자는 지금 중고 타자기를 팔고 있는 거냐고 물었다. 그 다음에는 부부가 내 앞을 지나갔는데, 여자가 남자에게 이렇게 묻는 소리가 들렸다.

"저 사람 지금 뭐하는 거예요?"

남자가 대답했다.

"일자리를 구하려는 거야."

― 댄 헐리, 『60초 소설가』

거리에서 타자기를 두드리는 남자. 어떤 이에게는 이 남자가 구걸하는 것으로 보이고 또 다른 이에게는 사기꾼으로 보인다. 거리에서 타자기를 두드리며 사람들에게 60초 소설을 써주던 바로 그 남자, 저자 댄 헐리가 말하는 것처럼 이것은 로르샤흐 테스트다. 정답은 없다. 다만, 각자가 말하는 답은 그 답을 내놓는 사람을 비추는 거울이 된다.

바셀미의 단편 「풍선」에서 그 풍선이 의미하는 바가 있다면 그건, 정해진 건 아무것도 없다는 것이 아닐까 싶다. 제약이나 한계, 정의(定義)라는 건 사실 없다. 그게 풍선이건, 우리 자신이건, 거리에서 타자기를 두드리던 하수상한 저 소설가건 말이다. 우리에게는 그냥 저마다에게 감지되고 인식되는 것만이 100%다.

무언가 하나씩이 없던 여행자들이 있다. 사자에게는 용기가, 허수아비에게는 머리가, 양철 나무꾼에게는 마음이 없었다. 모두 저마다의 결핍을 가지고 여행을 시작하는 『오즈의 마법사』는 이제 어쩌면 낡았다고까지 할 수 있는 우화다. 나에게는 이게 부족해, 저게 없어, 그래서 남들과 같지 않아. 하지만 그들이 여행의 끝에서 깨닫는 건 자신들에게 없다고 여겼던 용기와 머리와 마음이 사실, 내내 그들 속에 있었다는 것이다. 현실세계에서 우리는 각자 도로시이기도, 허수아비이기도, 사자이기도 할 것이다. 결국 우리는 저마다가 내리는 결정에 다름 아니다. 내게 없는 줄 알았는데, 그게 없으면 안 되는 줄로만 알았는데 어느 순간 보니 나는 그것을 내내 가지고 있었다. 혹은, 남들과 달리 내게 그것이 없다는 점이, 그 결핍이 나를 나로 만든다. 어느 쪽으로 결정하든 그게 바로 '나'다. 모든 게 나를 비춘다. 풍선만이 거울은 아니다.

왜 나에게만 이런 일이

아버지는 수 년 동안 암투병을 하다가 돌아가셨다. 사람들 말로는 환자들은 전부 특정 단계를 거친다고 하는데, 나의 아버지 역시 그러셨다. 처음엔 부정을 하고 화를 낸다. 왜 열심히 살고 나쁜 짓도 안 하고 이제야 좀 인생을 즐길 수 있나 했는데, 이제야 산책을 하고 동네 구경을 다니고 친구와 맛있는 것을 사먹고 하는 재미를 알았는데, 왜? 도대체 왜? 어째서 나에게만 이런 일이…. 억울하고 분하다.

아무리 가까운 가족이라고 해도 나는 아버지의 솔직한 마음을 모른다. 몰랐고, 이해하지 못했다. 아마 그러했을 거라고 짐작할 뿐이다. 분통이 터지고, 너무나도 억울해서 잠도 오지 않을 지경이었을 거라고. 이런 아버지에게 시를 한편 읽어드리고 싶었는데 그럴 기회가 없었다. 이 시를 평정심으로 받아들이실 마음이 아닐 거라 생각하고 다만 혼자 속으로 몇 번을 읊었다.

나는 튼튼한 두 다리로

침대에서 나왔다.

그렇게 못할 수도 있었는데.

나는 시리얼과 달콤한 우유와

흠집 없이 잘 익은 복숭아를 먹었다.

그렇게 못할 수도 있었는데.

나는 개를 데리고

자작나무가 있는 곳까지 걸어 올라갔고

아침 내내 좋아하는 산책을 했다.

정오쯤 나는 내 짝과 함께 누웠다.

그렇게 못할 수도 있었는데.

우리는 은촛대가 놓인 식탁에서

함께 저녁을 먹었다.

그렇게 못할 수도 있었는데.

나는 벽에 그림이 걸린 방에서

침대에 누워 잠을 자며

오늘과 같은 내일을 기약했다.

그러나 어느 날 나는 알아버렸다.

이제 다시는 그렇게 못할 것임을.

— 제인 케넌, 「그렇게 못할 수도」[*]

미국의 시인이자 번역가였던 제인 케넌이 백혈병으로 죽
어갈 때 쓴 시다. 아픈 몸을 이끌고 침대에서 일어나 아침
을 먹고, 산책을 하고, 저녁을 먹었다. 그러지 않을 수, 그렇
게 못할 수 있었지만 제인 케넌은 그렇게 하루를 보냈다. 오
래지 않아 슬픔, 상실, 죽음… 이 모든 것이 도래할 것임을 안

* 로버트 콜스 『하버드 문학 강의』에서 재인용

141

채로 산다는 것은 어떤 느낌일까? 다소간 위협으로까지 느껴지는 이것들을 인지한 채 하루를 보낸다는 것. 당신의 얼마 남지 않은 앞날을 예감하고, 손으로 꼽아가며 하루를 보내는 아버지에게 들려드리기에 어쩌면 잔인할지도 모르겠어서 그러지 못했다. 그러나 아버지가 공포스러우셨을 만큼, 나 역시 그랬다. 무서웠고 상상하기 싫어서 현실을 직면하지 않고 "괜찮아질 것이다"라는 정반대의 말만 반복하며 정말로 거짓말처럼 괜찮아지길 바랐다. 아버지가 "왜 나에게 이런 일이"라고 억울했던 만큼 나 역시 "왜 우리 아빠한테 이런 일이"라며 억울해했다. 머리로는 나 역시 알고 있었다. 지금 당장이 아닐 뿐이지, 이 상실과 죽음의 도래는 사실상 인간인 우리 모두에게 매일매일 가까워오는 일임을. 그 시간과 과정을 '잘' 보내야 한다는 것을.

시인 제인 케넌의 백혈병 없는 삶을 가정하고 상상하는 건 어려운 일은 아니지만 불가능한 일이다. 그녀의 병과 괴로움, 그럼에도 불구하고 복숭아를 먹으며 오전을 즐기는 하루, 이것들이 바로 그녀의 삶이기 때문이다. '병이 있는 삶은 너무 괴로우니, 이건 그냥 빼고, 그냥 건강할 때의 순간만 내 삶으로 하겠다'고 하는 게 불가능하다. 삶은, 서너 번 찍고, 그 중 가장 잘 나온 것으로 고르는 증명사진이 아니다. 좋은 것만 골라서 선택할 수 없다.

미국 드라마 「하우스 M.D.」에는 이런 에피소드가 있었다. 환자는 십대 소녀. 요트로 세계일주를 하는 그녀는 '최연소'라는 세계 기록을 앞두고 있다. 팔을 잃고 요트를 타지 못하게 되느니, 차라리 목숨을 포기하겠다고 말하는 그 아이를 보며 어른들은 의아하기만 하다. 아니, 요트가 뭐가 그렇게 좋아? 그게 왜 그렇게 중요해? 그 땡볕 아래 바다에서, 힘들지, 씻지도 못하지, 할 일도 많지…. 도무지 이해가 안 되네. 이해가!

이에 아이가 대답한다.

항해하는 일은 엄청나요. 하지만 배 위에서의 모든 순간을 사랑한다는 말은 아니에요. 좋아하는 일을 한다는 것은, 그렇지 않은 일들도 해야 한다는 말이에요. 만약 극복하고 자시고 할 일이 하나도 없다면 아마―

"Doing what you love means dealing with things you don't." ——소녀의 입에서 나온 이 말은 우리 삶을, 우리의 일을 다시 생각하게 만든다. 무언가를 좋아한다는 건, 그것을 매순간 좋아하기만 한다는 말이 아니다. 싫은 순간, 그만하고 싶은 순간은 당연한 조건이다. 이를 악 무는 괴로움과 고통스러움은 피해야 할 것도 어디 처박아 두어야 할 것도 아니라는 말이다. 그리고 이것이야말로 어떤 면에서 모두가 직면하는 삶의 조건이라는 사실은, 우리를 조금 안심하게도 더더욱 괴롭게도 한다.

시인 케넌이 그렇게 했고, 드라마 속 소녀가 또한 그렇게 했듯이 우리도 선택을 할 수 있을 것이다. 그러지 않을 수 있는 상황에서 우리는 그럴 수 있다. "왜 나에게(만) 이런 일이!" 분노하고 괴로움을 배가시킬 수 있을 상황에서 그러지 않을 수 있다. 침대에서 나와 좋아하는 산책을 오래했던 저 시인처럼 그렇게 못할 수도 있었지만 그렇게 하는 것만으로 우리는 우리의 하루를, 좀 더 거창하게 말해 우리의 삶을 바꿀 수 있다.

아버지가 어떤 마음으로 마지막을 맞으셨는지 알 수 없지만 나는 아버지가 편안한 마음으로 아름다운 마음으로 용서

하는 마음으로 세상을 떠나셨을 거라고 믿고 싶다. 괴롭지 않게 우리와 작별하셨다고 믿고 싶다.

그러지 못할 수도 있었는데 하루를, 한 달을, 몇 해를 무탈히 넘기고 있다. 그러지 않을 수도 있었는데 좋아하는 일을 아직 좋아하며 아침을 맞는다. 이 단순하고 조금은 시시해도 보이는 일들과 날들이 모여 결국 복잡하고 알 수 없고 남들과 다른 나만의, 오로지 나라는 사람의 인생이 된다.

물론 진담 반 농담 반, 아니 진담과 농담 9:1의 비율로 "다시 태어나는 수밖에 없다"고 입버릇처럼 말하는 나이지만, 그러지 못하는 걸 아는 리얼리스트인 까닭으로 하루하루를 받아들이며 보낸다. 힘든 게 적지 않은 일상이지만, 좋은 것만 쉬지 않고 계속된다면 그 역시 마찬가지로 견디기 힘들었을 것이라는 게 현재 나의 위안이라면 위안이므로.

내가 아닌 너를 염려하는 시간들

우리는 시간과 공간으로 둘러싸인 상자 안에서 살아간다. 영화는 그 벽에 난 창문이다. 우리는 영화를 통해 다른 이들의 마음 속으로 들어갈 수 있다.

그 유명한 영화평론가 로저 이버트의 말이다. 그의 말을 빌리자면, 좋은 영화를 보고 있는 관객은 그 영화상영이 진

행 중인 몇 시간 동안, 다른 공간과 다른 시간에서 자신이 아
닌 다른 이들의 삶을 염려한다. 그렇게 우리는 영화를 통해
타인에게 닿는다. 그리고 그것은 비단 영화뿐 아니라, 모든
위대한 예술이 우리에게 요구하는 바이다.

'편한 사람은 불편하게, 불편한 사람은 편하게 만드는 일.'
── 위대한 예술작품이 하는 일이다. 소설가 제이디 스미스
는 작가의 임무에 대해 이런 말을 한 적이 있는데, "소설가는
어떤 사람이 어떤 것에 대해 어떤 걸 느끼는지를 설명하는
사람이 아니라, 세상의 작동방식을 설명하는 사람이다". 그
러나 사실 이 두 가지는 다른 말이 아니다. 만일 내가 어떤 것
에 대해 느끼는 바, 어떤 사람이나 사건에 대해 느끼고 생각
하는 바를 제대로 설명하고 표현할 수 있다면, 나는 세상이
어떻게 작동하는지 또한 설명할 수 있는 사람이다. 같은 의
미에서 만일 우리가 영화나 책에 대해 느끼고 생각하는 바를
표현할 수 있다면, 마찬가지로 우리는 세상의 작동방식을 설
명할 수 있는 사람일 수 있다고 믿는다. 아닌 게 아니라 영화
나 책에서 감독이나 작가는 '저마다가 이해한 세상의 작동방
식'을 '어떤 사람이 어떤 것에 대해 어떤 걸 느끼는지'를 통해
보여 주는 사람이 아니던가?

어느 틈에, 영화감독은 여러분의 친구 같은 존재가 돼 버린다. 루이스 부뉴엘 감독은 인간 본성이 파렴치하다는 사실을 즐거워하였다. 가톨릭신자인 마틴 스콜시지 감독은 죄를 저지를지도 모른다는 가능성에 대한 끔찍한 괴로움 때문에 영화를 만들었다.

— 로저 이버트, 『위대한 영화』

채플린의 영화를 보면 더 큰 상황은 비극적인데, 관객은 어느 샌가 웃고 있다. 채플린이 단순히 과하게 긍정적이고 어딜 가나 에피소드를 만들어 내는 캐릭터이기 때문인가? 아니면 그가 사는 세상은 우리가 사는 세상과 달리 재미있는 것투성이여서 그러한가? 우리는 찰리 채플린을 보면서 웃다가, 아마도 웃으면서 불편한 우리 자신을 감지할 것이다. 보이는 게 전부가 아니라는 것을 짐작하게 될 것이다. 바로, 위대한 영화가 우리에게 하는 일이다.

'영화 보는 2시간 동안만이라도 생각 같은 거 하기 싫어'라고 하는 사람, 좋다. 그것도 방법이다. '영화가 뭔가 하고 싶은 말이 있는 것 같은데 도무지 그게 뭔지 모르겠어서 어렵다'라고 하는 사람도, '영화를 보면서 내 속을 들킨 것 같아서 불편했다'고 하는 사람도, 단순히 재미있다 재미없다가 전부인 사람도… 다 좋다. 모두 영화를 보는 방법일 테다. 모두가 심각할 필요는 없고, 모두가 세상만사, 남일 걱정 머릿속에 넣고 살 필요는 없다. 그러나 결국 개인이라는 지평에서 우리는 내가 좋아하는 것들, 내가 생각하는 것들, 내가 느끼고 말하는 것들로밖에 표현될 수 없지 않던가. 그렇다면 어떤 방식을 선택할지에 대해 우리는 보다 신중해져야 하는 게 아닐까.

이것은 뭔가 대단한 지식이나 개념어를 가지고 어떤 것들에 대한 전문가연하는 평을 하는 것에 대한 이야기가 아니다. 팝콘과 버터구이 오징어를 씹으며 콜라를 들이켜는 사이에 지나가 버린 영화 30초, 1분에서 연출자가 담고자 했던 것을 보지 않으면(혹은 거기에 관심이 없다면) 우리는 바로 내 앞에 앉아 재잘대는 친구의 말 역시 들을 수가 없게 된다는 말이다. 부모님이 흘리듯 던진 말의 뉘앙스, 그 얼굴에 잠시 머물렀다 사라져 버린 '할말있음'과 '여운'을 결코 볼 수 없게 된다는 말이다. 작가가 공들여 묘사해 둔 방의 생김새나 역사의 맥락을, 길고 지루하다는 이유로 읽지 않고 넘기거나

혹은 거기서 멈춰 버린다면, 우리는 점점 눈이 있으나 보지
못하고, 귀가 있으나 듣지 못하는 사람이 된다. 이에 너무 익
숙해진 나머지, 우리는 우리가 보지 못하고 듣지 못하는 것
을 인식조차 못하고 살지만, 그러나 이것은 분명, 시대의 비
극이다.

그러나 그런 중에도 잊지 않고, 우리에게 계기는 찾아온
다. 사소함을 보는 것, 의도를 파악하고, 공감하고, 이해하는
것 ─영화가, 소설이, 시가, 그림이 아직 우리에게 그렇게
할 수 있는 기회를 준다. 나를 알고 친구를 이해하는 것이 곧
세상을 이해하는 것임을 저마다의 방식으로 우리에게 말해
준다. 예술은 그렇게 먼 것 같지만 사실은 바로 내 안에 있음
을, 보고자 하면 볼 수 있다.

영화 애호가라면 언젠가는 오즈 야스지로 감독의 세계에 발을
들여놓게 된다. 오즈의 세계에 들어서면, 영화가 사물의 움직
임을 다루는 예술이 아니라, 움직여야 할지 말아야 할지의 여
부를 다루는 예술이라는 사실을 이해하게 될 것이다.
── 로저 이버트, 『위대한 영화』

상대가 하는 말과 하지 않는 말을 우리는 듣고자 해야 한다. 오로지 '나' '나' '나'에서 벗어나, 너를 생각하고 염려하는 그 시간이 없다면 우리가 있는 이 세상은 도대체 어떤 의미일 수 있단 말인가.

사랑의 행위

사랑에 빠지는 순간

조지 손더스는 『더 화이트 리뷰』와의 인터뷰에서 다음과 같
은 말을 했다.

저는 사랑과 관심이 같은 말이라는 생각을 믿어요. 혹은 그 반
대도 성립하죠. 만약 소설 속 인물이라 할지라도 관심을 충분

히 기울이면, (설령 그 인물이 완전히 개차반이라고 해도) 그 이후에 읽는 소설의 문장들은 그 인물을 향한 사랑의 행위가 되는 거예요.

이 조지 손더스의 인터뷰를 보고서 내가 떠올린 것은 엘리자베스 스트라우트의 『올리브 키터리지』였다. 퓰리처 수상작이기도 하고, HBO 드라마로도 만들어져 에미상을 휩쓸기도 한 작품이다. 세상 많은 것들이 그렇듯 제대로 보기 전에는 너무나 밋밋하고 별볼일없는 듯하지만, 일단 시작하면 멈출 수 없는 책이다. 소설에 딱히 주인공이 있다고 하기는 어렵지만, 작품명처럼 올리브 키터리지의 삶을 둘러싸고 가족, 친구, 이웃의 이야기가 연작으로 펼쳐진다. 그리고 이 올리브 키터리지는 입이 걸고, 덩치는 좋고, 무서울 게 없어 보이는 드센 여자로, 가히 매력적인 캐릭터라고 칭하기는 쉽지 않다.

한 마을에 살던 한 남자가 죽었을 때, 올리브는 며칠을 울었다. 남편은 일찍이 희미하게 둘 관계를 의심했지만 추궁하기보다는 이해했다. 올리브가 가슴을 찢어발기는 듯한 고통으로 울 때, 그러나 그 고통의 이유를 아무와도 공유하지 못하는 바로 그때, 나는 올리브 키터리지를 사랑하게 되었다. 아무에게 말도 못하고 발을 동동 구르며 눈물을 흘리는 그녀를. 그 이후 책 속에서 펼쳐지는 그녀의 모든 말과 행동은 다르게 보였다. 나 스스로 장착한 필터, 그것은 인물을 향한 애정과 연민이었고 그 필터는 나의 독서와 그에 따르는 나의 감정을 완전히 다른 것으로 만들었다.

이해하는 것

연극을 하는 친구의 대사연습을 도와주다가 너무 궁금해져서 물었다. 어떻게 이걸 다 외우는 거냐고, 뭔가 특별한 방법이 있는 거냐고. 친구가 대답했다.

무조건 암기식으로 달달 외우는 게 아니라, 인물의 사유의 흐름을 좇는 게 관건이야. 캐릭터를 이해하고, 이 상황에서 왜 이런 말을 하고 왜 이런 행동을 하는지를 알면 굳이 대사를 '외우려고' 애쓸 필요가 없어. 그의 생각을 따라가면, 그건 자연히 따라오거든.

인물을 이해하는 것, 왜 그런 생각을 하고 왜 그런 말을 하

는지 파악하는 것. 친구는 특별한 방법이 아니라고 말했지
만, 이 자체가 특별한 방법이다. 인물을 이해하는 일은 말처
럼 쉽지 않기 때문이다.

　내 생각에 바로 여기서 필요한 게 조지 손더스의 말이다.
'관심을 충분히 기울이면 그 나머지는 사랑의 행위가 된다'
는 말. 그는 왜 멈췄나, 왜 머뭇거렸나, 그 말은 무슨 의미인
가, 그 눈빛, 그 떨림은 무엇 때문인가, 의미가 있을까 혹은
없을까. 관심을 기울이고 생각을 하기 시작하면 이해/사랑이
가능하다. 살면서 도저히 이해하지 못할 것 같고, 웬만하면
마주치고 싶지 않은 사람이 적지 않지만, 그래도 그 사람들
을 사랑까지는 아니어도 적어도 이해하는 건 가능하다. 왜냐
하면 사랑, 질투, 우정, 의리, 충성, 애증, 증오, 인내, 비겁함…
이 모든 것은 우리 안에 있고 우리는 우리 삶의 각각의 장면
에서 이것들을 표출하기 때문에. 이런 감정들은 온통 뒤섞인
채 우리 안에 머물고 다만 어떤 사건과 상황을 만나 튀어나
와 우리를 (그 순간) 규정하기 때문에. 그리고 어쩌면 남들도
나와 같기 때문에. 타인을 이해하는 건 곧 나를 이해하는 일
이기 때문에.

어떤 무심함

이야기를 마친 후 조지는 소설이 말하고자 하는 것이 무엇인지를 묻는다. 여기서부터 잘못된 것일까? 학생들은 '무엇'에 대한 질문과 대답을 복잡하고 피곤한 게임으로 여긴다. 문학에 담긴 수수께끼에 대해 정답을 찾아야 한다는 부담감이 그들을 못 견디게 만드는 것인가? … 나도 조지가 말한 학생들의 무심함에 대해 생각한다. 조금만 깊은 내용으로 들어가도 학생들은 한계에 부딪친다. 문학작품이 '무엇'을 말하고자 하는지를 토론시키면 난감해한다.

— 최은주, 『책들의 그림자』

콜린 퍼스의 영화로 더 많은 사람이 알고 있을 크리스토퍼 이셔우드의 『싱글맨』 속 주인공 조지는 대학에서 학생들을 가르친다. 그러나 학생들은 문학에 대해 이야기하는 것을 피곤해한다. 시험에 나오는지가 중요하지, 작가를 혹은 작중인물을 이해하는지는 학생들에게 중요하지 않다. 학생들은 무엇인가/누군가를 이해하는 일에 무심하다. 나에게 필요한 게 아니라면 그건 딱히 필요한 일이 아니기 때문이다.

『미망인의 자식들』을 쓴 폴라 팍스는 미시간 대학에서 있던 창작글쓰기 워크숍에서 어떻게 그런 소름끼치도록 섬세한 인물묘사를 할 수 있는지 질문을 받은 적이 있는데, 이때 그녀의 대답은 글쓰기의 기술에 대한 것이 아니었다. 어린시절 이집 저집 떠돌아 다녀야 했을 때 사람들의 얼굴을 읽고 분위기를 살피고 눈치를 보는 것이 폴라 팍스에게는 곧 생존에 직결된 문제였는데, 그렇기 때문에 미세한 변화나 움직임에도 예민해야 했던 것 ——이것이 그녀의 '글쓰기 비법'이다.

요즘 우리는 더 이상 이런 예민함이 필요하지 않거나 예민할 수 있는 방법을 잃어버린 게 아닌가 하는 생각이 든다. 타인을 지켜보고 기다려주는 것이 어렵다. 남을 읽지도, 이해하지도 못하겠고 그러기에는 솔직히 피곤하고 난감하다.

그러나 한편에서 작가들은 계속해서 말한다. 타인을 이해해야 한다고. 자신을 이해해야 한다고. 그러려면 제대로 보고 읽어내야 한다고. 그러면 우리 삶을 조금은 더 많은 애정으로 살아갈 수 있다고. 사람들의 만연한 둔감함과 무심함 속에서도 계속해서 누군가는 이런 이야기를 한다. 누군가는 들어주길 바라는 마음으로, 옆에 있는 사람을 이해하는 이가 단 한 사람이라도 늘어나길 바라는 마음으로. 그렇게 세상이 조금씩 좋은 곳이 될 수 있길 바라는 마음으로. 작가들은 그렇게 쓰고 또 쓴다. 그리고 그런 작가들에 대한 나의 일종의 사랑의 행위로서 나는 세상을, 사람을 조금은 다르게 보려고 애를 써본다.

플랜 B는 언제나 플랜 A를 망친다

「필라델피아는 언제나 맑음」은 미국에서 가장 오래 방영되고 있는 코미디시트콤 중 하나다. 시즌 11을 넘어서고 있는 쇼는 최초에 친구들끼리 캠코더를 빌려 자기네 자취방에서 찍기 시작한 홈비디오에서 탄생되었다. 맥, 데니스, 찰리. 살면서 이룬 것도 없고, 이후 딱히 이룰 생각도 없는, 이상한 친구 세 사람이 사는 법. 이 중, 글자를 읽지 못하(는 것으로 추정되)고, 밤이면 고양이가 아파트 밖으로 몰려와 그 울음소리에 잠을 잘 수 없어서 고양이용 사료를 먹고 배가 너무 아픈 나머지 정신을 잃고 잠이 드는 것을 삶의 방식으로 택한 (?) 찰리가 들려주는 이야기를 들어 보자. 다분히 못미더워 보이는 인물의 졸업연설, 그러나 단연코 손에 꼽을 만하게 웃긴 졸업연설 중 하나다.

2014년, 배우이자 작가인 찰리 데이의 메리맥 대학 졸업연설이다.

분명히 해두고 싶은 건, 대학 졸업장을 전당포에 맡길 수 없다는 거예요. 이 졸업장이 여러분을 대신해서 면접을 봐준다거나 오디션을 보아주지도 않아요. 졸업장은 먹을 수도 없죠. 불을 붙일 수는 있겠는데 권장하고 싶진 않아요. 그냥 먼지만 생길 뿐이에요. 그걸 가지고 할 수 있는 일이라고는 정말 아무것도 없어요. 하지만 졸업장이 '의미'하는 건 있죠. 그건 여러분 자신과 사회에 의미하는 바가 있어요. 뭐냐면… '나는 내 정신을 확장했고, 간을 망가뜨리긴 했지만 포기하지 않았다, 끝까지 밀고 나가 해내고야 말았다'는 것. 비록 이 자리의 졸업생 중 44명이 그 졸업장을 따는 데 4년이라는 시간이 더 걸렸지만, 다른 사람이 굳이 그걸 알 필요는 없죠. 그리고, 좋은 점도 있잖아요. 부모님 댁 지하실이 적어도 몇 년은 밍기적대는 사람 없이 빈 채로 남아 있었다는 점.

대학 졸업 무렵, 찰리 데이는 두 가지 선택지를 앞에 두게 된다. 글로벌 자산운용 그룹, 피델리티에 입사를 할 것이냐 아니면 뉴욕에 가서 거지같이 살면서 배우의 길을 준비할 것이냐. 절충안을 제시하는 영리한 사람도 있겠다. 피델리티에 먼저 입사를 해서 돈을 좀 모은 후에 뉴욕에 가면 훨씬 살 만하지 않겠느냐. 찰리가 그 생각을 못 한 것은 아니었겠지만, 그는 그냥 뉴욕에서 식당 테이블을 훔치고 전화를 받는 일을 하면서 바퀴벌레 그득한 아파트에서 배우의 꿈을 좇는 일을 택했다. 플랜 B에 대한 그의 철학 비슷한 것 — '플랜 B는 언제나 플랜 A를 망친다' — 이 있었으므로.

하지만 저는 피델리티에서 실패하고 싶지는 않았어요. 제가 실패하고자 한 곳은 보스턴이 아니었어요. 만약 실패의 위험을 무릅쓴다면, 뉴욕이길 바랐어요. 혹 실패하더라도 떳떳하다고 느낄 만한 필드에서 실패하고 싶었죠. 그리고 말씀드리자면,

저는 당연히 실패를 했습니다. 한두 번도 아니었고, 매번, 계속해서요. 이 역할을 하기엔 키가 너무 작고, 저걸 하기에는 지나치게 이상하고…. 한번은 영화 캐스팅 감독이 '저 애는 결코 코미디 일은 못할 거야'라고 하는 말도 들었어요.

피델리티를 택하지 않은 찰리 데이는, 뉴욕에서 정말 힘들게 살았다. 배우 일은 뜻대로 되지 않았고 기껏해야 행인 1, 2 정도를 맡을 뿐이었다. 이때 찰리 데이와 친구들(「필라델피아는 언제나 맑음」을 함께 만든 배우들)은 이렇게 시시한 역할이나 맡을 바에야 우리가 하고 싶은 쇼를 우리가 직접 만들자 싶었다. 캠코더를 빌리고, 찰리 데이의 아파트에서 촬영을 했다. 극본을 써본 적도, 연출을 해본 적도, 촬영을 해본 적도 없는 젊은이들이 만들어 낸 이 코미디는, 결국 폭스사에 팔렸다. 당시 방송국 드라마에 출연기회가 있던 찰리는 또 한 번, 방송국 드라마냐, 친구들하고 만드는 홈비디오냐의 선택에서 홈비디오를 택하면서 당시 아무도 이해하지 못하는 길을 간다. 궁금한 사람이 있다면, 그 방송국 드라마는 1시즌으로 끝이 났고 찰리가 선택한 시트콤 「필라델피아는 언제나 맑음」은 아직까지 시청자들의 사랑을 받고 있다.

지금 제가 인생을 살면서 가장 자랑스러워하는 일들은 사실 저에게 모두 끔찍하게 두려운 것들이었습니다. 처음으로 무대에 올랐던 연극, SNL의 호스트가 되는 것, 결혼하는 것, 아빠가 되는 것, 지금 이 자리에서 여러분에게 말을 하는 것, 모두요. 이 중 어떤 것도 쉬운 게 없었습니다. 사람들은 아마 그런 말을 할 거예요. '너를 행복하게 만드는 일을 해.' 하지만 이건 정말 힘들기만 한 일이고, 저는 항상 행복하지만도 않았어요.

전 여러분이 스스로를 행복하게 만드는 일을 해야 한다고 생각하지 않아요. 여러분을 훌륭한 사람으로 만드는 일을 하세요. 불편하고, 무섭고 힘들지만, 그러나 결국 언젠가는 그 어려움에 보상을 받는 일이요. 기꺼이 실패하세요. 그냥 스스로를 실패에 내던지세요. 다만, 그 실패에도 자랑스러워할 수 있는 곳에서 실패하셔야 합니다. 실패하고, 다시 일어서고 다시 실패하면 되는 거죠. 이런 투쟁이 없다면, 당신의 성공이 의미조차 있을 수 있겠어요?

우리가 아는 한, 우리에게는 단 한 번의 삶밖에는 없습니다. 그 한 번의 삶에서 여러분은 스스로의 목소리를, 스스로의 생각을, 스스로의 정직함과 존중해야 마땅할 개인의 역사를 믿어야만 합니다. 이것들이 여러분에게 길을 찾아드릴 거예요. 겁내지 말라는 말이 아닙니다. 그저, 공포에 발을 묶이지 말라는 말씀입니다.

실패에 대한 두려움이나 비교당할 것에 대한 두려움, 혹은 남들의 시선에 대한 두려움이 당신을 결국 대단하게 만들어 줄 그 일을 하는 것을 멈추게 두지 말라는 말. 실패의 위험 없이 결코 성공할 수 없다는 말. 상실의 위험을 감수하지 않고 사랑을 할 수 없듯, 삶에서 무언가를 얻기 위해서는 반드시 위험을 감수해야 한다는 말. 배우 찰리 데이가 진심을 담아 졸업생들에게 전하는 충고다.

졸업 연설에서 하는 말은 사실 좀 뻔하긴 한데, 뻔해 보이는 이 말들이 유효한 건 실제로 찰리 데이가 그런 두려움을 감수한 선택 속에서 그가 이뤄 낸 것들 덕분이다. 그의 말마따나, 실패하고 넘어지고 그렇게 힘들게 이뤄내지 않는다면 성공이, 성취가 과연 어떤 의미가 있기나 할까. 실패했기 때문에 성공은 성공일 수 있다. 이제 대학을 졸업하고 세상에 나가서 수없이 넘어지고 깨질 젊은 영혼들에게 넘어지는 것을 두려워하지 말라는 말은 그냥 수사로 하는 말이 아니다. "실패하라!" 이런 말이 듣기 싫은 사람도 있겠지만, 찰리 데이의 말을 좀 더 귀기울여 들으면, 실패를 하려면, 그 실패를 기꺼이 받아들이고 떳떳해할 수 있는 곳에서 하라는 그의 메시지를 들을 수 있다.

나와 타인의 삶

1.

소설가들은 "병적으로 남을 관찰하는 사람들"이라는 말들을 소설가들 본인의 입으로 하곤 한다. 나는 이렇게 글을 쓰는 사람들이 단순히 남을 '관찰'하고 남들의 대화를 자기의 스토리에 사용하기만 한다고 생각하지 않는다. 글을 쓰면서 완전히 어떤 타인의 삶을 만들어 내고 그 안으로 걸어 들어

가고 그들을 이해하면서 좀 더 많은 인간을 이해하게 된다고 생각한다. 내가 소설을 읽고 좋아하는 이유가 있다면 아마도 이런 이유일 것이다. 나는 내가 전혀 알지 못했던 혹은 만나고 싶지 않던, 이해하고 싶지 않던 완전한 타인을 이해하게 된다. 나는 이런 이해에의 도달이 자못 숭고하다고 생각하는 편이다. 내가 책을 많이 읽고 글을 쓰는 사람들을 흠모하는 이유는 아마 바로 이것일 테다. 반드시 전문적일 필요는 없을 것이다. 나는 우리가 많이 읽고 타인의 삶에 대해 많이 생각함에 따라 우리의 삶이 몇 배로, 확장된다는 믿음이 있다.

2.

삶은 두루뭉술하면서 세세한 것들로 가득한데 우리 눈에는 그런 세세한 것들이 눈에 잘 띄지 않는다. 반면에 문학은 우리가 그 세세한 것들을 알아차리게 만든다. … 문학을 통해 우리는 삶에 더욱 주목하고 삶을 연습할 수 있다. 그러면 문학 속 세부 사항을, 더불어 삶을 한층 더 잘 읽어낼 수 있게 된다.
— 제임스 우드, 『소설은 어떻게 작동하는가』

처음 내가 소설책을 읽으면서 '와 이거 진짜 좋다'고 느꼈던 건 아마 고등학생 때였을 것이다. 내가 읽었던 책에서 작가는, 내가 형용하지 못했던, 그러나 속으로 가지고만 있던 그 감정을 딱 맞는 단어와 표현으로 언어화했다. 수업시간에 몰래몰래 읽던 중 나도 모르게 '아…!' 하고 조그맣게 소리를 내었을지도 모르겠다. 작가는 도대체 어떤 사람들이기에 이걸 알지? 작가는 도대체 어떻게 이런 감정을 이렇게 표현하지? 뭐지 이 사람들? 신기한 동시에 막연히 대단한 사람들이라고 생각했던 것 같다.

제임스 우드의 말이 꼭 맞다. 작가가 단어로, 문장으로 그 감정을 짚어준 다음에야 비로소 나는 나의 특정 감정을 인지하기 시작했다. 물론 언어 이전에 나의 감정이 있었지만, 언어를 통해 감정이 육체를 얻는 기분이었다. 감정에 힘이 생겼고, 그 힘이 생긴 감정을 보는 힘 역시 생겼다. 제임스 우드의 "문학을 통해 삶을 한층 더 잘 읽어낼 수 있게 된다"는 말. 나에게는 늘 그랬다. 문학 속 세부사항을 보는 것뿐 아니라, 내 삶 속 세부사항이 좀 더 잘 보이게 되었다.

3.

사소함, 세세함을 이야기할 때 내가 떠올리는 장면이 있다.

나이 지긋한 아저씨가 식탁에서 아침을 먹고, 그의 아내가 그것을 지켜보고 마치 처음 보는 것처럼 놀란다. 잘나가는 변호사로 일하다가 남편의 권유로 꽤 이른 은퇴를 하고 전업주부가 된 어느 아주머니의 이야기에서 읽은 내용이다. 숨 가쁘게 쫓기며 사는 삶, 그 삶을 포기한 후 집에서 보내는 시간이 많아지며 이 아줌마는 아침에 남편이 토스트를 먹을 때 굉장히 천천히 씹는 걸 알게 되었다고 했다. 그 사람은 아마도 평생 그렇게 천천히 씹으며 먹었을 텐데 아내는 그것을 알아볼 만큼의 시간이 없었을 터다. 이제 남은 시간 동안 이 은퇴한 변호사 아내는 남편의 버릇, 미처 모르고 지나쳤던 집안의 어떤 흔적들을 알아볼 것이다. 인생의 후반부는 세세함을 눈치채는 시간들일 것이다.

그러나 이 아주머니는 슬퍼했다. 전에는 멋진 수트에 힐을 신고 서류봉투를 들고 1분 1초가 모자라 택시를 타던 자신의 모습을 생각하면, 지금 그냥 아줌마가 된 자신은 마치 투명인간 같다고, 나는 이제 더 이상 중요한 사람이 아닌 것 같다고, 더 이상 택시가 자기 앞에 서지 않고, 젊은 사람들과 유쾌한 대화를 이어갈 수 없다고, 보이지 않는 사람이 되어 버렸다고 말했다.

「중년여성의 비가시성」이라는 제목으로 웹진 『리터러리 허브』(Literay Hub)에 실린 이 글에 등장하는 여성은, 남편의 아침식사하는 장면을 보고 뭔가 다른 것을 눈치챔으로써 자신의 삶이(하루 시간 배분이) 비로소 전과 달라졌음을 깨닫는다. 젊은 남녀가 자기네들끼리 즐겁게 이야기를 하다가 자신이 가면 대화가 끝나고, 더 이상 변호사가 입는 정장을 입지 않은 자기 앞에 택시가 서지 않는 것을 통해 자신의 삶이 전과 달라졌음을 깨닫는다. 비록 변호사로 잘나가던 시절은 끝이 났지만 이토록 자신의 삶을 관찰하고 들여다보는 힘이 있는 사람이라면 집에서 줄곧 시간을 보내더라도 법정드라마만큼 굉장한 드라마를 찾아낼 수 있는 사람이라는 생각이 들었다. 그리고 그렇게 삶을 보아내는 한 그녀의 삶은 더 이상 투명하지 않을 것이다.

"두루뭉술하고 세세한 것으로 가득한" 우리의 삶에서 결국 그것들을 보아내는 것만이 우리에게 유일하게 유의미한 일이다. 그렇지 않다면 우리 삶은 그냥 두루뭉술하고 세세한 것일 뿐이기 때문이다.

좋은 사람이 되고 싶다

1.

체호프가 동생에게 보낸 편지에는 이런 것들이 쓰여 있다. 당장 자리를 박차고 떠나면서 "정말 당신과는 함께 못 살겠소!"라고 말하지 말 것, 걸인이나 고양이에게 동정심을 갖고, 아무리 사소하더라도 거짓말을 하지 말 것. 과시하지 말고 자기보다 비천한 사람들을 기만하지 않을 것, 유명한 누군가와 친분이 있다며 으스대고 허세를 부리지 말 것….

문장의 시작은 이렇게 하라거나, 아이디어는 어떻게 떠올리라거나, 반복어구를 피하라거나 하는 충고가 아니다. 세계적인 작가가 전하는 충고는 훌륭한 작가가 되는 법보다는 일상에서 나은 사람이 되는 법에 가깝다. 그리고 체호프 자신의 인격과 그의 글을 통해 우리는 좋은 글을 쓰기 위해선 우선 좋은 사람이 되어야 한다는 것을 깨닫는다.

평범한 작가가 빈곤을 묘사하면서, 이를테면 도스토옙스키보다 훨씬 더 추악하고 더 역겹게 빈곤의 상세한 모습을 그려낼 수도 있다. 우리는 그것을 소름끼치는 흥미와 막연한 혐오감을 느끼면서 읽겠지만, 그밖에는 다른 아무런 감동도 일어나지 않는다.

거기에는 빈곤에 대한 그 어떤 통찰력도 사랑도 없고, 따라서 당신은 그것에 대해 아무런 관심도, 그러한 상황이 존재한다는 것에 대해 아무런 번민도, 이제부터 우리 모두가 어떻게 달라져야 하는지에 관한 아무런 계시도 느끼지 못한다.

— 브렌다 유랜드, 『글을 쓰고 싶다면』

브렌다 유랜드는 글을 쓰는 종이 너머의 '작가라는 사람'의 삼차원을 이야기한다. 아무리 미려한 글, 절절한 글을 쓰더라도 작가가 그에 대한 진실한 느낌이나 제안이 없다면 독자에게는 감염이 일어나지 않는다고.

그러나 우리는 체호프에 관해서라면, 그것이 체호프 자신에 대한 것이 아님에도 불구하고 브렌다 유랜드의 말처럼 "'육안으로 보지 못하는 것에 대해 자신의 영혼으로 슬퍼하기 때문에 걸인이나 고양이에게 동정심을 갖는다'는 단 한 문장만 읽고서도 체호프가 어떤 사람인지를 알게 된다". 글 뒤에서 글을 쓰는 작가라는 사람이 중요한 이유다.

2.

존 버거를 떠올린다. 존 버거는 글을 쓰기 전, 화가였다. 그가 그림을 그리던 시절은 50년대, 냉전의 시대였고, 사람들은 늘 핵전쟁에 대한 공포와 위험에서 살아야 했다. 그런 상황에서 존 버거는 "갤러리에 전시된 다음 팔려가서 누군가의 거실에 걸릴 그림을 계속 그리는 것은 부조리해 보였다"라고 말한다.

글을 쓰는 것이 덜 부조리해 보였습니다. 특히 이러한 문제에 대한 글을 쓰는 것이 말입니다. 제가 미술비평만 한 것은 아닙니다. 핵전쟁에 대해서, 정치에 대해서, 냉전에 대해서도 썼지요. 긴박한 정치적 상황, 또는 긴박한 역사적 상황 때문에 저는 공적인 글을 쓰자고 결심하게 되었습니다. 그 이전에는 사적인 글을 썼지요.

— 존 버거, 『작가라는 사람』 2권

대부분의 이들에게는 문제가 아닐 것들이 세상 중요한 문제가 되는 사람들. 그런 사람들이 작가라는 생각이 들었다. 작가란, 자기 삶을 들여다보고, 자기 삶이 놓여 있는 맥락과 관계를 들여다보고, 세상을 들여다보고 사람을 들여다보고서는 도대체 무슨 일이 벌어지고 있는 건지 알지 않으면, 쓰지 않으면 안 되는 사람들인 것이다.

이사벨 아옌데 역시 중요한 지적을 한다. 우리는 부모를 선택할 수도 없고, 국적을 선택할 수도 없다. 인생에서 많은 것들이 사실상 본인의 의사와는 상관없이 결정되어 있는 경우가 많다. 이럴 때 우리는 무엇을 할 수 있을까? 나는 내 인생에서 과연 어떠한 실질적인 선택을 할 수 있고 그 선택들은 나에게 어떤 영향을 미칠 것인가.

제 인생 대부분이 제가 통제할 수 없는 사건에 의해 결정되었다는 느낌이 듭니다. 예를 들어 군사 쿠데타나 저희 부모님이 이혼하고 어머니가 외교관과 결혼했다는 사실이 제 성격과 인생, 그리고 제 아이들의 인생에서 아주 중요한 측면을 결정했지요. 그런 환경에서 제가 무엇을 할 수 있었을까요? 별로 없어요. 저는 선택할 것이 별로 없었어요. 그러므로 저는 글을 쓸 때, 그리고 삶을 살 때, 운명을 내면에서부터 느끼려고 애씁니다. 제 내면이 무슨 말을 하는지 알고 싶어요.

— 이사벨 아옌데, 『작가라는 사람』 1권

'운명을 내면에서부터 느낀다' '내면이 무슨 말을 하는지 듣는다'… 이런 말은 자칫 허황되게도 들린다. 그러나 살아가는 매 순간, 나의 본능과 직감을 인식하는 순간, 내 주변에 일어나는 사태를 감각하는 모든 순간에 우리는 우리 스스로의 '내면'의 소리를 필요로 한다. 할 것인가 말 것인가, 좋은가 싫은가, 갈 것인가 멈출 것인가 하는. 그렇게 '자신'의 목소리를 들을 준비가 되어 있는 사람 혹은 의지가 있는 사람,

그런 사람은 결국 글을 쓴다.

3.

그러나 가즈오 이시구로는 말한다. "방에 스스로 갇혀서 글을 쓴다는 것은 좀 이상한 일"이라고. "정말 바쁜 와중에도 하루가 저물 때쯤 일부러 두 시간 정도 시간을 내서 소설을 조금이라도 쓰는 사람들"이 있다는 말을 하며 이건 참 이상한 일이라고 말한다. 이것은 등가의 보상을 바란다면 결코 할 수 없는 일이므로. 내가 시간을 쏟은 만큼 시급이 주어지는 것도 아니고, 온전히 나를 위한 것만도 그렇다고 온전히 남을 위한 것만도 아닌 글을 쓰는 일. 글을 쓴다는 건 생각하면 생각할수록 이상하고 신기한 일이다. 도대체 왜, 무엇 때문에 글을 쓰는가?

그러나 한편으로는 알 것도 같다. 단골 미용실에 가면 헤어스타일리스트와 이야기를 많이 하는 편인데 그녀는 남자 친구와 싸울 때, 말을 하는 게 막혀서 편지를 썼다고 했다. 콜롬비아 출신의 배우 존 레귀자모는 "청소부 1, 2, 3" 역할만 맡는 게 지겨워서 본인이 직접 작품을 쓰기 시작했다. 맷 데이면 역시 본인이 연기를 하고 싶어서 대본을 썼다. 제이슨 시걸도 하고 있던 방송이 다 조기종영해서 일이 없을 시절에 극본을 쓰기 시작했다. 배우 제시 아이젠버그도 16세 때, 본인이 직접 무대에 오르고 싶어서 우디 앨런이 열여섯살이었을 때를 가정한 극본을 썼다(돌아온 건 우디 앨런 변호사로부터의 무시무시한 경고장이었지만…). 아무튼 이렇게 저마다의 글을 쓴 이야기를 듣고 있으면 어렴풋이 알 것도 같다. 왜 쓰는지, 어째서 쓸 수밖에 없는지.

나는 내가 가고 싶은 나라에 대해 썼다. 내가 다니고 싶은 회사에 대해 썼다. 내가 하고 싶은 일에 대해 썼다. 열 줄도 되지 않는 짧은 글들, 그것들을 나는 주로 회의 시간에 썼다. 회의 시간이 금세 지나갔다는 면에서 볼 때 그 글들은 꽤 유용했다. 내 졸렬한 인식 수준과 헛된 희망에 의지하는 어리석은 마음을 눈으로 확인하게 되었다는 면에서 볼 때 그 글들은 나를 절망하게 했다. 그럼에도 그 졸렬하고 헛된 글엔 '힘'이 있었다.
　―설흔,『왓더북』

하루하루를 정말 버티고 견뎌야 했던 대기업 신입사원 시절. 작가 설흔은 글을 쓰기로 마음먹는다. 가고 싶은 나라에 대해, 다니고 싶은 회사에 대해, 하고 싶은 일에 대해 썼다. 현상적으로 영화처럼 뭔가 드라마틱한 일이 일어나지는 않았다. 다만 자기소개서 '글'을 쓰고 회사를 옮겼을 뿐이다. 그는 달라진 게 없다고 하지만 사실 모든 게 달라진 것이다, 글을 쓰기 시작한 바로 그 순간에. 우리는 우리 삶에서 '편위'를 만들어 내고 글을 쓰지 않았다면 존재하지 않았을 다른 세계를 온전히 창조해 낸다. 그러니, 내 글이 훌륭한 글이냐 아니냐 하는 세간의 평가, 사람들의 찬사를 받으며 유명인이 되고, 금전적 보상을 받는 일은 '세계를 창조'해 내는 일에 비하면 얼마나 사소한가. 정말이지 얼마나.

어떤 식으로든 글을 쓰고 있는 사람, 그는 (가즈오 이시구로의 말을 빌리자면) 이상하긴 하겠지만 세계를 창조하고 해석하고 적극적으로 만들어 나가고 있는 사람이다.

아, 삶은 너무 어려워, 나는 아무것도 하지 않을 거야, 라며 절망할 수도 있습니다. 저는 어떤 시점이 되면 우리가 가지고 있는 근거를 받아들이고 그것으로 뭔가를 해야 한다고 생각합니다. 물론 그것은 우리가 가끔 잘못을 할 수도 있다는 뜻입니다.

삶이 더 엉망이 될 수도 있고, 단순히 시간 낭비를 하는 것이 아니라 정말 나쁜 일에 기여하는 결과가 될 수도 있습니다. 하지만 대충 얼버무릴 수 없는 순간이 온다고, 그러면 새로운 것을 찾아야 한다고 생각하는 사람들에게 저는 무척 공감합니다.

— 가즈오 이시구로, 『작가라는 사람』 1권

대충 얼버무릴 수 없는 순간, 이 순간이 우리 모두에게 어서 빨리 오기를. 가지고 있는 것으로 무엇인가를 하지 않으면 안 되는 그 순간이, 우리 모두에게, 어서 오기를. 그리고 또한 우리가 그 순간을 기쁘게 받아들일 수 있기를. "작가라는 사람"들의 인터뷰를 읽으며, 우리 모두가 작가가 되기를 나는 소망해 보았다.

읽기는 어려운 겁니다

1.

이따금 나는 공기를 못 읽는 자가 되곤 한다. 이게 좀 곤란하
기도 한 것이, 어떤 때는 눈치가 있는데, 어떤 때는 전혀 감도
잡지 못해서 사람들이 이 불균형에 놀라곤 하는 것이다. '아
니 어떻게 그걸 몰라?' 어떻게 그 명백한 분위기, 그 맥락을
못 읽느냐는 공공연한 비난. "나에게는 그것을 읽고 해석할

탬플릿이 없다"는 말로 그 비난을 방어하기는 하지만, 나로서도 미스터리라면 미스터리다. 나도 내가 어렵다.

가까운 사이의 사람이라면 그가 어떤 부분에서 언짢은지, 혹은 으스대고 있는지… 이런 걸 알기 대단히 어렵지 않지만, 그렇지 않다면 음… 어렵다. 왜냐하면, 상대가 말하는 게 전부가 아니기 때문이다. 말하지 않는 것, 침묵을 읽어야 하기 때문이다. 상대가 의도하는 표정 외에 드러내지 않으려고 애쓰는 표정도 읽어야 하기 때문이다. 누군가를 읽고 이해한다는 건 이렇게 복합적이고 어려운 일이다.

그러나 '읽는 법'을 배운다는 것, 읽기를 배워야 한다는 사실에 대해 사람들은 선뜻 내켜하지 않는다. 내가 글을 모르냐 뭣이 모자라냐, 지금까지 책 잘만 읽었는데 뭘 읽는 법을 배우냐 말이다… 하면서. 책을 읽는 것에 정해진 방법이나 답안 같은 거야 없지만, 그래도 그냥 줄글을 눈으로 따라간다고 해서 책을 읽는 것이 아니다. 밑줄 좀 쳤다고 해서 반드시 책을 꼼꼼히 읽었다고 할 수만도 없다. 읽는다는 것은 생각만큼 그렇게 간단한 일이 아니다.

2.

사람들은 삶의 조언이나 지혜로운 말 등이 항상 우화일 뿐이고, 일상생활 그러니까 우리가 가진 유일한 삶에는 사실상 유효하지 않다고 불평한다. 현자가 "넘어서 가라"라고 말할 때 그는 우리의 노력에 대한 보상이 있다면 얼마든지 갈, 어떤 실재하는 장소를 가로지르라 말하는 것이 아니다. 그가 말하는 곳은 환상의 저 너머, 우리에게 미지인, 그조차 확실히 짚어내지 못할 그런 장소다. 따라서 바로 여기에 발딛고 있는 우리에게 최소한의 도움도 되지 못한다. 이 모든 우화들은 실제로 이 말을 하기 위해서 있다. 이해할 수 없는 것은 그저 이해할 수 없는 것이라고. 그러나 우리는 이미 알고 있지 않던가. 우리가 매일같이 싸워야 하는 염려, 이건 또 다른 문제다.

한 남자가 말했다. 왜 그렇게 망설이죠? 그저 우화를 따라가기만 한다면 당신은 그냥 우화의 일부가 될 텐데. 그리고 일상의 걱정들은 모두 없앨 수 있을 텐데.

다른 이가 말했다. 장담하는데 이거 역시 우화일 거야.

첫 번째 남자가 말했다. 당신이 이겼습니다.

두 번째 남자가 말했다. 하지만 불행히도 오직 우화 안에서만 그렇지.

첫 번째 남자가 말했다. 아니요. 실제 삶에서요. 우화 안에서 당신은 졌어요.

— 카프카

3.

토마스 핀천이나 카프카의 글을 읽으면 혼란스럽다. 이게 무슨 말이지? 그래서 어떻게 되었다는 거지? 무슨 일이 벌어진 거지? 내가 뭘 잘못 읽었나? 몇 페이지를 돌아가서 다시 읽어 보지만 달라지는 건 없다. 카프카의 말처럼 "이해할 수 없는 것은 그저 이해할 수 없는 것"이고 이야기들은 그저 이해할 수 없다는 걸 우리에게 확인시킬 뿐이다. 읽지만 읽을 수 없다. 카프카는 또한 말했다.

도대체 글을 쓴다는 게 애초에 어떻게 가능한 일이지? 할 말이 너무나도 많고 펜으로는 오로지 이야기된 것들의 거대한 덩어리에서 불확실하고 불특정한 흔적을 좇을 수 있을 뿐인데?

글을 읽는다는 것은, 이야기를 읽는다는 것은 어떻게 가능한 일일까.

스콧 피츠제럴드는 가족끼리 오래 알고 지낸 친구 사이였던 이에게 글쓰기에 대해 이런 말을 한다. 자신을 뒤흔든 것에 대해 써야 한다고. 그냥 가볍게 스치고 간 이야기는 저녁 식사 자리에서나 하면 된다고. 진심으로 강렬하게 자신을 움직인 것을 쓰라고. 우리는 이야기를 왜 하고, 또 왜 읽는가를 가만 생각해 보게 되는 말이라고 생각했다.

4.

삶이 무엇인가에 대한 답을 찾으며 글을 쓰는 사람들이 있다. 우리는 과연 어떤 마음으로 그렇게 쓰여진 글을 읽는 걸까. 글 너머에서 글을 쓰는 사람의 마음을 헤아리는 일은 정말 가능할까. 재미의 유무와 이야기의 설득력을 떠나 우리는 진짜로 글을, 사람을 읽을 마음이 있는 걸까.

… 사람들은 자신에게 필요한 것을 얻을 때를 제외하고는 대화할 능력이 없다. … 주거니받거니 하는 대화란 있을 수 없다. 어떻게 가능하단 말인가? 듣는 사람이 결국은 지쳐 '맞아'라고

맞장구치는 데 지겨워서 외면하는 동안에, 결국은 덧거리밖에
는 안 되는 의견이 있을 뿐이다.

— 찰스 백스터, 『서브텍스트 읽기』

5.

잘 읽고 싶다. 이해하고 싶다. 의미를 살짝 숨겨 놓았다면, 애
써 찾아내고도 싶다. 노력과 연습으로 가능한 일이라면 더더
욱, 그렇게 하고 싶다.

모든 것이 거기에 있다

1.

찰스 백스터는 『서브텍스트 읽기』에서 주로 보이지 않는 것, 들리지 않는 것에 대한 이야기를 한다. 인물들이 주고받는 실제 대화의 내용이나 그 대화가 만들어 내는 효과를 지적하는 것이 아니라 대화가 얼마나 어떤 식으로 성립하지 '않는지'를 짚어낸다. 그러면서 이제 사람들은 서로의 이야기를

더 이상 듣지 않으며, 서로의 말을 경청하는 것은 이제 현실
적이거나 사실주의적 묘사가 아니라는 데까지 나아간다. 아
닌 게 아니라 우리는 이제 더 이상 서로의 말을 듣지 않는다.
테이블 하나를 앞에 두고도 모두가 핸드폰을 들여다본다는
이야기는 이미 식상한 풍경이다.

> 「사인필드」 혹은 「섹스 앤드 더 시티」를 보는 재미 가운데 하나
> 는 가끔 등장인물들이 얼마나 자주 다른 사람의 말을 경청하지
> 않는지 알아차리는 데 있다. 이 같은 방송의 대본은 대화를 위
> 장한 채 자신들의 말만을 하는 혼잣말로 이루어져 있다.
> ― 찰스 백스터, 『서브텍스트 읽기』

귀를 갖지 못한 이들이 있다. 그리고 "그 같은 사람들은 자
신에게 필요한 것을 얻을 때를 제외하고는 대화할 능력이 없
다". 대화를 할 때 상대가 무슨 말을 하는지, 그가 하는 말을
듣는 것도 중요하지만, 그가 하지 않는 말을 듣는 것이 핵심
적일 때가 있다. 그러나 보이는 것도 잘 보기 힘들고, 들리는
것도 잘 듣기 힘든 우리는, 보이지 않고 들리지 않는 것에 신
경을 쓰는 게 쉽지 않다.

2.

밀란 쿤데라는 『커튼』에서 야로미르 존이라는 다소 낯선 이름의 소설가의 책 『폭발하는 괴물』 이야기를 한다. 그리고 그를 두고 세르반테스처럼 기존의 틀을 대담하게 깬 사람이라는 식의 평을 한다. 왜냐하면 그는 대수롭지 않아 보이는 것 (소음)에 대한 이야기를 했기 때문이다.

그는 소음이라는 현상이 비록 매우 불쾌하기는 하지만 관심을 끌 만한 일은 아니라는 것을 알고 있다. 반면 자유라든가 독립, 민주주의, 혹은 다른 각도에서 봤을 때 자본주의, 착취, 불평등 이야말로 진정으로 관심을 끌 만한 것들이다. … 그런 것들이 야말로 운명에 의미를 부여하고 불행을 고귀하게 만들어 주는 중대한 개념들이다.

— 밀란 쿤데라, 『커튼』

남들은 중요하게 보지 않는 것을 이야기하는 작가, 남들이 귀 기울이지 않는 것에 귀 기울이고 그것을 쓰는 작가, 남들이 대수롭다고 느끼는 주제를 베끼지 않은 작가, 그렇기 때문에 야로미르 존은 위대한 작가가 된다. 진정으로 사람들이 관심을 가질 만한 것, 대단한 주제들을 쓰지 않는 것, 중대하다고 일컬어지는 개념들을 다루지 않았다는 바로 그 점 때문에 말이다. 야로미르 존이 하는 이야기(작품), 그리고 그가 말하는 이야기와 말하지 않는 이야기까지를 읽는 밀란 쿤데라. 우리에게는 이런 대화가 필요하다.

3.

「쿠미코, 더 트레저 헌터」라는 영화가 있다. 이 영화를 보기 위해서는 반드시 코엔 형제의 「파고」를 보아야만 한다. 「파고」라는 영화 속에 나오는 돈가방(트레저)이 실제로 있을 거라고 믿고 미니애폴리스 '파고'를 찾아가는 일본인 쿠미코. 쿠미코는 영어 한 마디 제대로 할 줄 모르는 평범한 일반 사무직원으로, "Fargo"만을 반복해 말하며 기어이 영화 속 돈가방이 묻힌 곳을 찾아가고 그곳에서 결국 얼어 죽는다.

이 영화는 이상하다. 그런데 이 영화가 실제 사건을 배경으로 했다는 것은 더 이상하다. 한때 미국 파고에서 신원을 알 수 없는 일본인 여성의 사체가 발견되었는데 그 여성은 그 추운 날씨와 너무나 맞지 않는 짧은 미니스커트를 입고 있었다. 그녀와 마주친 적이 있는 경찰관은 "영화 「파고」 속

돈가방을 찾으러 왔다"는 말을 (사실 일본인 여성은 그 이야기를 말한 적이 없음에도) 인터뷰에서 해버렸고, 그 이후 이 일본인 여성의 죽음은 (서양세계에서) 센세이셔널한 사건이 되었다.

이 사건으로 영국에서는 다큐멘터리가 만들어졌고, 미국에서는 픽션화되어 영화가 만들어졌다. 저마다 이 사건에서 듣고 싶은 이야기를 만들어 냈다. 그리고 이 영화를 본 사람들은 저마다 다른 해석을 내렸다. 누군가에게는 폭력적 가부장제 일본사회에서 걸어나와 자신이 원하는 삶으로 들어간 이야기로 읽히고, 누군가에게는 처음부터 끝까지 그저 공상으로 읽히고, 또 다른 누군가에게는 보물을 찾았으나 결국 얼어 죽었으므로 '실패'의 스토리로 읽힌다. 누가 읽은 게 맞고, 누가 읽은 게 틀린가. 영화를 만든 사람들은 무슨 이야기를 하고 싶었나. 여기에 정답이라는 게 있을 수 있는가.

4.

누군가에게는 보이는 게 누군가에게는 보이지 않는다. 누군가에게는 매일매일 몸으로 느껴지는 현실이 누군가에게는 앨리스의 토끼굴만큼이나 공상으로 느껴진다. 자기에게는 들리고 보이고 느껴지는 것들이 있는 사람들은 글을 쓰고, 그림을 그리고, 영상을 만들고, 표현을 한다. 타인과의 대화를 시도하고 세상과의 대화를 시도한다. 명백하지 않은 것들을 수면 위로 꺼내기 위해서 저마다 고통스럽게 밤을 지새운다. 어떤 사건이 되었건, 사람이 되었건, 작품이 되었건, 거기에 하고자 하는 말이 있는 이상 우리는 잘 읽기 위해 노력해야 한다. 대화를 시도해야 한다. 누구에게나 하고 싶은 말이 있음을 믿는 만큼, 누구에게나 무언가를 해석하고 싶은 힘과 의지가 있음 역시 믿는다.

모든 건 거기에 있다. 우리가 보기 시작하면 된다.

글자들은 나를 기다려준다

1.

소설가 릭 무디는 글쓰기에 대해서 "자신으로부터 출발할 수밖에 없지만, 그것은 곧 자아로부터 놓여나는 것"이라고 말한다. 그러면서 자신이 글을 쓰는 건 주로 신경과민에서 비롯된다는 말을 한다. 말하면서 편안했던 적이 없지만, 반면에 글쓰기는 시간과 평정심을 가져다주므로 말할 때보다 더 잘 표현할 수 있게 해준다고.

"쟤는 어쩜 저렇게 말을 못해?"라는 말을 참으로 많이 들어왔던 나는 릭 무디의 말에 뭐랄까, 위로 비슷한 것을 받았다. 생각해 보면 나는 말하기의 현장성과 시간성을 견디지 못했던 것 같다. 당장 떠오르지 않는 어휘와 표현, 하다 보면 엉키는 어순, 중언부언, 주제탈피, 맥락상실… 이것들이 그 자리에서 당장 뭐라도 내뱉어야 하는 현장의 압박감과 맞물려 나는 어느 순간 그냥 입을 닫아 버리기도 했다.

그래서 나는 글이 편했다. 글은 썼다 지웠다도 할 수 있고, 생각이 안 나면 멈출 수도 있으니 말이다. 책을 읽는 것도 마찬가지다. 누가 몽둥이를 들고 쫓아오는 것이 아니라서 얼마든지 읽다가 멈출 수 있어서 편했다. 재미가 없던 책이 몇 년 후에는 너무 재미있어지기도 하고, 몇 년 전에 가장 애정하는 책이었던 게 시간이 지나 한없이 시시해지기도 한다. 글쓰기와 책읽기에 있어 적어도 나는 시간에서 자유롭다. 이 글의 세계를 플레이하고 일시정지하고 뒤로 돌리는 것은 다른 누구도 아니고 바로 나. 이 자유로움은 나에게 편안함을 준다. 글자들은 나를 기다려준다는 것을 알기 때문이다.

또 다른 소설가 메그 윌리처는 이런 말을 했다. "지금은 명상의 시대가 아니다. 그런데 글쓰기는 명상적인 경험이다. 신중하고 느린 무언가가 있어서 그 본질을 드러내려면 시간이 걸린다"고. 이런 생각은 우리 시대의 속도와는 잘 맞지 않는다고. 나는 바로 그렇기 때문에, 그 느림과 신중함 때문에 지금 우리가 글을 쓰고 책을 읽어야 하는 게 아닌가 하는 생각이 든다. 기다림은 중요하다. 스스로에게, 타인에게 시간을 주는 것은 중요하다.

2.

인터넷에서 본 일본의 한 광고는 늘 산만한 아들에 대한 이야기로 시작한다. 멍하니 하늘을 보고, 주머니에서는 모래가 나오고, 박스에 들어가서 나오질 않는 어린 아들을 보는 엄마. 후에 이야기는 시점이 아들의 것으로 바뀐다. 아들은 멍하니 하늘을 본 게 아니라 우주를, 자신이 올라갈 달을 본 것이었다. 운동장에서 놀다가도 우주에 가서 가지고 올 흙을 상상하며 운동장 모래를 주머니에 넣은 것이었고, 로켓에 타고 있는 자신을 상상하며 박스에 틀어박힌 것이었다. 이 '산만한' 탐색의 시간이 끝난 후 아들은 엄마에게 달려가 말한다. "나, 우주비행사가 될래!"

관건은, 기다려 주는 것, 시간을 들이는 것이다.

텍스트를 파악하는 것은 롤랑 바르트의 지적대로 진리들을 골라내는 것이 아니라 바로 의미를 구축하는 과정이다. 미미한 날들의 마음속을 들여다보는 일, 그 속에 침잠하여 덧없는 인상들을 주어 올린 언어들을 깊이 이해하기 위해서는 이리저리 한가롭게 풀을 뜯거나 아주 가까이 섬세하게 털을 깎는 방식의 독서가 필요하다. 독서는 보기보다 훨씬 더 오래 걸리고 복잡한 과정이다.

— 최은주, 『책들의 그림자』

영문학자 최은주는 독서가 시간이 오래 걸리는 활동이라는 지적을 여러 번 한다. 그냥 눈으로 글자들을 따라가고 끝내는 게 아니라 나름의 의미를 구축해 나가는 적극적인 과정이기 때문이다. 앞서 릭 무디가 지적한 바처럼 독자들이 자유롭게 자신들이 원하는 바를 작품에 부여하는 일이라 할 수 있겠다.

작가는 평범한 순간들을 골라 집중해서 확대한다. 마치 동결건조하는 것처럼 말이다. 그러면 독자들이 거기에 물을 부을 수 있다.

— 메그 월리처

미미한 순간들에 집중해서 그것을 동결건조하는 일, 혹은 거기에 물을 부어 확대시키는 일. 이 모든 게 우리를 기다려 주는 글자들만으로 가능하다. 읽거나 쓰는 일, 결국 그 둘은 다르지 않다.

이제 막 어떤 일이 일어날 거야

1.

그러나 잃어버린 기회 역시 받아들인 기회와 마찬가지로 삶의 한 부분이며 어떤 이야기가 있을 수도 있었던 일에 머물 수는 없는 법이다. 이제 막 어떤 일이 일어나려는 참인데, 일단 그 일이 일어나면 어느 것도 다시 전과 같아지지는 않을 것이다.

— 폴 오스터

기억력이 좋은 편은 아닌데 잡념은 많은 편이다. 지난 일들을 구체적으로 떠올려, 머릿속에서 몇 번이고 재상영하는 것은 따라서 불가능하다. 그러나 이랬다면 어땠을까 저랬다면 어땠을까 인생극장을 찍는 일은 잦다. 잘못 나간 말 한마디, 하지 않았더라면 좋았을 말과 행동들을 주워 담을 수 없어 무수히 벽에 머리를 찧는 나. 그 일이 있었던 때로 돌아가고 싶지만 그럴 수 없어 괴로운 나. 폴 오스터는 말한다. "그러나 잃어버린 기회 역시 받아들인 기회와 마찬가지로 삶의 한 부분"이라고. 내가 망친 것 역시, 내가 망치지 않은 것과 마찬가지로 내 삶의 한 부분이다. 싫어도 어쩔 수 없다.

적지 않게 나이는 먹었는데, 돌아보니 이렇다 할 성취가 없다. 민망함이 밀려와서, 사실은 성취가 있긴 한데 내가 기억을 못하는 거라고 믿고 넘어가고 싶을 정도다. 이러한 수준높은 망각력 보유자로서 시간이 지나도 살아남은 사건들은 정말 대단한 생존력을 지닌 것들이라고 말하지 않을 수 없겠다. 그 사건 중 몇 가지에는 내가 아마도 평생 기억할 책 몇 권을 읽은 일이 포함된다. 토머스 핀천의 『제49호 품목의 경매』, 나보코프의 『사형장으로의 초대』, 친기즈 아이트마토

프의 『백년보다 긴 하루』, 율리 체의 『어떤 소송』 등이 그것이다. 또 한번 폴 오스터의 말을 빌리자면 "일단 그 일이 일어나면 어느 것도 다시 전과 같아지지는 않을", 읽고 나면 모든 것이 전과 달라지는 책들이었다. 요새 누가 책을 읽느냐고, 책 같은 거 도대체 무슨 의미냐고, 냉소와 자조를 하다가도 나를 송두리째 변화시키는 책들을 만날 때 나는 문득 겸손해진다. 살면서 이런 경험을 하는 건 드물고 귀한 일이다. 책 속 작가의 말은 버스를 기다리는 나의 일상에, 마트에서 계산을 하는 나의 일상에, 밥을 먹는 나의 일상에 틈입해 나로 하여금 전과 다른 생각 다른 행동을 하게 만든다. 관건은, 늘 작고 사소한 것들이다. 그 사소함으로 나는 '이전'에 머물 수 없게 된다. 생각해 보면 이것은 대단한 일이다.

"모든 게 어느 한 순간 달라진다. 갑자기, 그리고 영원히."

2.

매해, 좋은 일보다 안 좋은 일은 더 많다. 기분 탓일지도 모르겠지만, 내 주변 친구들도 늘 내게 동의를 해주는 걸 보면 반드시 기분 탓만은 아닐 거다. 여기가 바닥의 끝인가 하면 계속해서 지하 1층, 2층, 3층의 문이 열렸다. 실망하고 좌절은 늘 때이른 것이었다. 왜냐하면 언제고 비교급으로서 더 심한 날들이 왔으므로. 신이 있다면, 우리에게 이런 말을 해주는 것 같았다.

"좌절하기는 이를지어다. 아직 더 나쁜 일이 남았으리니."

그렇다. 늘 더 최악인 것은 있었고, 나는 무슨 일이든 더 망칠 수 있는 사람이었다. 그러나 또 한편으로 나는 무슨 일이든 새로 할 수 있는 사람이기도 하다. 조앤 K. 롤링은 2011년 하버드 대학 졸업연설에서 바닥 찍는 이야기를 한다.

왜 제가 실패의 장점에 대해 이야기하느냐고요? 왜냐하면, 실패란 것은 필수적이지 않은 것을 없애주기 때문이에요. 실패 후에 저는 제가 아닌 사람인 척하는 일을 그만뒀어요. 그러고서 저에게 유효한 단 한 가지 일을 끝마치는 데 올인을 했죠. 제가 만약 다른 일에 성공을 했더라면, 저는 아마 제가 진정으로 가야 할 길이라 믿는 일을 해야겠다고 마음먹지 못했을 겁니다. 저는 자유로워졌어요. 이제 가장 큰 공포가 사라졌으니까요. 저는 아직 살아 있고, 사랑해 마지않는 딸이 있고, 구식 타자기, 그리고 커다란 아이디어가 있었습니다. 그리고 제가 찍었던 소위 '바닥'은 제 삶을 다시 만들어 나갈 수 있는 단단한 기반이 되어 주었습니다.

그동안 바닥을 찍는 이야기에 대해 내가 들어왔던 말은, "깊이 내려갈수록, 그 힘으로 높이 튀어오를 수 있다"는 것. 그러나 높이 튀어 올라서 어디로 갈지 모른다는 그 예측불가 능성은 또한 공포이기도 했다. 조앤 롤링이 하는 말은 그와 비슷하지만 조금은 다르다. 튀어 오르는 게 아니고, 그 바닥 에서 나를 새로 만들 것. 발을 딛고서 그 단단한 바닥에서 다 시 시작할 것. 불사조가 그 재에서 다시 태어나는 것처럼. 바 야흐로 우리의 실패와 바닥을 겸허히 받아들일 때다.

3.

우리의 문제는 그러나 늘…

아는데 못한다는 것. 언제 받아들이고, 언제 새로 시작해 야 할지 모른다는 것. 박명수의 말 "늦었다고 생각할 때 이미 늦었다"라는 말을 (사실은) 믿고 싶다는 것.

'지금 뭔가를 시작하기는 늦은 거 아닐까? 내가 뭘 할 수 있긴 할까? 다 망친 거 아닐까? 나 이미 망한 거 아니야?!'

그러나 시간이 충분할지 알지 못하는데 어떻게 쓰기를 시작할 것인가. 하지만 고통은 자기 자신에게 '어제라면 시간이 있었는데'라고 말할 때, 다시 말해 '바로 어제라면…'이라고 생각할 때 시작된다.

— 블라디미르 나보코프, 『사형장으로의 초대』

롤링의 말처럼 아직 살아 있다면, 하고 싶은 게 있다면, 우리에게는 그 어떤 일이든 일어날 것이다. 그리고 그 일이 일단 일어나면 "어느 것도 전과 같지 않"을 것이다. 시간은 충분하다.

나가며

지금의 내 나이, 그러니까 서른 중반 정도였을 때 『롤링스톤』의 기자로 일하며 소설을 쓰던 데이비드 립스키는 이런 말을 했다.

어떤 세대든지 저마다 늘 자기네의 못난 행동과 태도에 대한 새로운 변명거리를 찾는 것 같아요. 그 중 유일하게 항상적인 게 있다면 바로 '별로인 태도' 정도랄까요. 제 생각에 지금으로서 제 세대에서 할 수 있는 변명은 미디어와 기술이에요.

이 말을 들은 소설가 데이비드 포스터 월러스는 말했다.

난, 사람들이 그렇게 나쁘게 행동하는 이유가 두려움 때문이라고 생각해요. 살아 있다는 게, 인간으로 살아간다는 게 정말 정말 겁이 나는 거예요. 그리고 이 공포와 두려움은 우리 인간의 기본적인 조건이죠. 우리가 느끼는 이 두려움에 대해 물론 여러 가지 이유를 갖다 붙일 수 있을 거예요. 하지만 여기서 중요한 건 말이죠, 우리가 여기 있는 거, 사는 거… 여기서 우리가 해야 할 일이 있다면, 항상 두려워하며 살지 않는 방법을 배우는 걸 거예요.

두려움은 어쩔 수 없다. 젊어서 실수하고 망치는 것도, 거기에 대한 핑계를 늘상 찾는 것 역시 어쩔 수 없다. 하지만 평생 그러지 않도록 우리는 배우고 익히고 조금씩 나아간다.

'왜 좀 더 빨리 잘하지 못하지?'
'언제쯤 인정받을 수 있지?'
'나… 언제쯤 잘나갈 수 있어?!?'

불안하고 조급하지만, 자신을 믿고 그 두려움을 뛰어넘는 일. 우리가 하루하루를 보내며 해낼 수 있는 일이 있다면 바로 그런 게 아닐까. 누구에게나 시간은 필요하다. 그 자신을 온전히 보여 줄 수 있는 시간, 나를 알아보는 누군가를 만나는 데 걸리는 시간. 그 시간이 흐르면, 조바심에 몸부림치던 터널을 지나 우리는 마침내 나를 온전히 보아주는 그 사람을 만날 수 있을 것이다.

"Hello."

p. s.

젊은 독자에게 전하는
책 고르기, 책 읽기 팁

p.s.#1　　　　**독서유감,**
　　　　　　　　　휘리릭 읽힌다는 건 좋은 걸까

책을 읽을 때 이따금 떠오르는 선생님이 있다. 고등학교 수학 선생님이셨는데, 내가 그분을 좋아했다거나 존경했다거나 그런 건 아니고, 학교에서 에드워드 기번의 『로마제국 쇠망사』를 읽을 때 그 책을 보시고는 "네가 이게 뭔지 알고나 읽느냐"며 의심의 눈초리로 나를 째려보셨던 기억이 있다. 아버지의 독서성향 때문에 십대 시절부터 다소 올드한 책들을 많이 읽었는데, 중고등학교 때 청소년 권장도서 같은 것은 집에 없고 리영희, 함석헌 선생님의 책들, 세로쓰기로 된 『대망』 같은 책들이 있어서 아쉬운 대로 그런 책들을 읽었더랬다. 물론 그 책들을 내가 이해하면서 읽었다고는 생각하지 않는다. 다만, 내가 무슨 책이든 읽을 수 있다는 것을 아는 경험이 유의미한 것이란 생각이 든다.

시간이 갈수록, 책장이 금방 넘어가는 책들이 사랑을 받는 모습을 본다. 글자들은 점점 커지고, 이미지도 많아진다. 표현은 쉬워지고, 최대한 휘리릭 휘리릭 읽히게

끔 책이 만들어진다. 어려운 것은 뭔가 부정적인 게 된 듯한 기분. 책표지에 몇 살부터 몇 살까지 읽는 책이라고 써 있기도 하고, 책을 펼쳤을 때 글자가 빼곡하게 들어차 있거나 각주라도 있을라치면 사람들은 그냥 '느낌상' 어렵다고 벽을 만들어 버리기 일쑤다. 심지어 요즘은 책을 쓰는 분들에게서도 그런 이야기를 듣는다. 책 중간중간에 그림이나 이미지가 들어가지 않으면 사람들이 쉽사리 지치고 어렵게 느낀다는 이야기를 직접적으로 많이 듣는다고.

나는 휘리릭 읽히는 책보다도 읽어도 무슨 말인지 모를 책을 읽을 때 특별한 재미를 느낀다. 어떤 책은 한 줄을 이해하는 데 몇 년이 걸리기도 한다. 이런 책읽기의 재미를 느끼려면, 다소 더디게 책장이 넘어가는 책들을 기피하는 일을 조금씩 줄여나가야 한다. 이따금 이해가 되지 않는 문장을 만날 때, 혹은 처음 만나는 낯선 감성 앞에서 우리는 비로소 겸손해질 수 있다고 생각하는 까닭이다.

어려운 책을 굳이 찾아가면서 읽자는 말이 아니다. 내가 모르는 영역이라고, 내가 해본 적 없는 생각이라고, 내가 관심이 없는 역사 이야기라고, 나는 소설 아니면 안 읽으니까… 하면서 책을 골라내기보다는 내가 모르니까 읽어 보고, 책의 작가가 내가 전에는 해본 적 없는 생각을 하기 때문에 읽어 보고, 평소에 관심이 없었지만 이번엔 달라질 수 있을까 해서 읽어 보고, 소설 아니면 읽지를 않았는데 이참에 독서의 범위를 넓혀볼까 하면서 읽어 보는 계기를 만들 때, 우리의 독서생활은 물론이고 우리의 인식이 차원을 달리해 확장된다. 더 중요한 건, 이런 경험을 통해 그동안 습관처럼 구분해 왔던 쉬운 것/어려운 것의 경계가 달라질지도 모른다는 것. 그러니 다음번 책을 고를 땐 그동안 어려울 것 같아서 미뤄뒀던 책을 읽어보는 건 어떨까? —쉬운 책만 많아진 시대에 대한 아쉬움을 담은 편집자의 제안이다.

글쓰기의 일상성

영화 「패터슨」의 패터슨은 패터슨에 사는 버스 운전사다. 창의력과 열정이 넘쳐서 집도 가만히 내버려 두지 못하고 옷도 가만 내버려 두지 못하고 자신의 삶도 가만 내버려 두지 못하는 아내와 달리, 버스를 모는 패터슨의 삶은 언뜻 아무 일도 일어나지 않는 것처럼 보인다. 아침에 일어나 손목시계로 시간을 체크하고 덩치에 안 맞게 조그마한 그릇에 시리얼을 먹고 버스회사로 출근하는 일의 반복.

이 특별할 것 없는 버스 운전사의 삶을 다르게 만드는 요소가 있다면 그것은 다름이 아니라 '시'. 패터슨은 시를 쓴다. 오늘 아침 본 것, 지나가면서 생각한 것, 아내를 향한 사랑… 이것들이 패터슨의 노트에 빼곡이 시로 쌓여 간다. 하루, 또 하루, 그리고 또 하루. 패터슨은 일어나 식사를 하고 출근을 하고 도시락을 먹고 퇴근을 해서 저녁을 먹고 개를 산책시키면서 동네 바에 들러 맥주 한잔을 마시고 집에 돌아와 잠자리에 든다. 일상에서 달라지는 건 없고, 영화를 보는 내내 관객은, 아니다른 사람은 모르겠지만 나는, 무슨 일이 일어나길 기다렸다. 이렇게 되려나? 저렇게 되려나? 아내는 진짜인가? 그가 만들어 낸 환영인가? 패터슨의 모든 게 꿈인가? 그렇지 않고서 계속 이것만 영화에서 반복될 리 없어… 나는 계속 그렇게 기다렸다. 무언가 벌어지기를.

하지만 영화는 어떤 스펙터클도, 반전도 보여 주지 않고 또 다시 버스 운전사의 매일매일을 반복하는 것으로 끝이 난다. 일상에서 기쁨의 조각들을 발견하고 그것을 최대치로 만드는 일, 영화가 말하는 것은 그 일상의 고귀함과 글쓰기의 충만함이었을 테지만 솔직히 말해서 영화는 좀 지루했다. 마치 우리의 일상처럼.

영화 「패터슨」의 미덕은 글을 쓴다는 건 대단한 글재주를 필요로 한다기보다는, 일상과 사물과 사람을 보는 '눈'을 필요로 한다는 것을 보여 준다는 것일 테다. 성냥곽에서 시작되는 시, 승객들에서 시작되는 글… 이것들은 결국 내가 보고 느끼는 것들에서 시작된다. 할 말이 생기고, 들려줄 이야기가 생기고, 그것을 쓰면서 바깥에 있던 사건과 사물은 우리의 속으로 들어와 우리 자신과 뭔가 다른 관계를 갖게 된다. 그 뭔가 다른 관계, 사람마다 다르게 생성될 그 관계에서 저마다 고유한, 제각각 다른 '글'이 나온다. 세상에 작가가 많으면 많을수록, 책이 많으면 많을수록 좋은 이유다.

영화의 재미를 떠나 글을 쓴다는 것, 글쓰기가 우리의 일상과 우리의 감정을 어떻게 바꿔 놓을 수 있는지를 보여 준다는 점에서 「패터슨」은 '글쓰기 추천 영화'라 할 수 있다. 이 영화를 보고 나면 문득 식당에 앉아 보이는 냅킨에 뭐라도 끄적여보고 싶어지니 말이다.

글을 쓰는 데에도, 책을 읽는 데에도 우리의 일상이 기반하지 않으면 공허하다. 내 삶에 다른 기운을 불러오고 싶다면 지금 앉은 자리에서 보이는 바로 그것을 패터슨처럼 자세히, 혹은 다르게 보는 일로 시작해 보는 건 어떨까.

스스로 책 고르는 법

대학시절부터 사람들에게 책추천 요청을 참으로 많이
받았다. 지금까지도 적지 않게 "나 지금 서점인데 책 추
천 좀 해봐" 하고 대뜸 문자를 받기도 한다. 아는 사람은
알겠지만, 그리고 또 해본 사람은 알겠지만 이 책추천
은 사실 쉽지 않은 일이다. 단순히 내가 좋아하는 책을
권하는 것이 아니라, 책추천 받는 이의 독서이력과 성
향, 독서패턴을 잘 알아야 추천에 성공할 수 있기 때문
이다. 괜히 내가 좋다고 생각하는 책을 무턱대고 보라
고 했다가 그 사람이 앞으로 책을 계속 멀리하게 될 가
능성도 있으니, 이게 뭐 별거라고 괜시리 조심스러워지
는 마음을 어쩔 수 없는 것….

게다가 나의 책읽기 성향이란, 어떤 책을 좋아했다 하
면 절판되고 마는 기이한 감각을 지닌 터라 더더욱 추
천을 하기 전 고심을 하게 되는데, 그러나 그럼에도 불
구하고 내가 책추천에 있어서 별로 실패를 하지 않는
건 아마도 가까운 사람들, 대화를 많이 하는 사람들에
게 주로 추천을 하기 때문일 거다.

개인적으로 가장 보람(?) 있었던 추천은, 커트 보니것을 가장 좋아한다는 사람에게 『캐치 22』를 추천한 일이다. 조지프 헬러와 커트 보니것의 블랙코미디, 아이러니, 부조리함 등을 둘 다 접해본 사람이라면 여기에서 비슷한 지점을 발견할 수 있을 터. 이렇게 기본적 희극 감각이 있는 사람들에게는 가지를 쳐서 다른 책들을 추천하는 게 가능하다. 마틴 에이미스와 하워드 제이콥슨은 지적인 유머리스트들에 속하니 이분들의 책을 권해 볼 수 있겠고, 부조리와 바로크적 스케일로는 로렌스 스턴과 존 케네디 툴, 도스토옙스키를 추천할 수 있겠다.

만약 덕후인 친구가 있다면 고민 없이 『오스카 와오의 짧고 놀라운 삶』을 권할 수 있는데, 주노 디아스의 퓰리처상 수상작인 이 책은 또 다른 퓰리처상 수상작 존 케네디 툴의 『바보들의 결탁』에 공명한다. 사랑하기는커녕 이입하기조차 어려운 바로크적 캐릭터의 주인공. 얼핏 톨킨이나 조지 R.R. 마틴이 저랬을 것도 같은 방대한 세계관과 지적능력과 언어능력에 범인들은 그저 감탄할 뿐. 방대하고 웃기기로 따지면 『은하수를 여행하는 히치하이커를 위한 안내서』를 빼놓을 수 없는데, 그러면 또 같은 작가의 『더크 젠틀리』도 읽어야 하고 비슷한 세계관으로 치면 그러나까 또… 이렇게 끝도 없이 이어진다. 아, 인생은 짧고 읽을 책은 많기도 많다.

자, 여기서 잠깐.

무언가를 눈치챈 독자가 있을지 모르겠다. 추천(하는 방법)이라고 했지만, 사실 이것이 내가 책을 고르며 읽는 방법이기도 하다. 어떤 작가를 좋아한다면 그 작가의 작품은 물론이고 그 작가가 좋아하는 작가들의 책을 찾아 읽는다. 그러나 참을성 없는 나는 전작주의자는 못되고, 재미가 없으면 과감히 읽지 않는다. 그래야 계속 그 작가를 좋아하고 독서를 즐길 수 있기 때문이다.

여기서 질문이 나올 수 있겠다. "나도 그거 할 줄 안다. 해봤다. 그런데, 그러다가 실패를 하는데, 어떻게 재미없는 책을 피할 수 있느냐"고. 여기에 대해 "에디터 11년 경력, 독자 30년 경력"을 걸고 단언할 수 있는 것은 그걸 피할 방법은 없다는 것. 실패를 해봐야 한다. 아, 이 책은 재미없구나. 아, 이 작가의 모든 책이 좋은 건 아니구나, 하고 깨달을 때 비로소 독서 취향이라는 게 생긴다. 남이 안전하게 골라준 추천 리스트만으로는 결코 '스스로 좋은 책을 고르는 법'을 터득하지 못한다.

세상에 그렇게 <○○할 때 읽으면 좋은 책> 리스트가 많은데도, 아직도 책을 뭘 봐야 할지 모르겠다는 사람이 더 많다는 건 사실 이런 유의 추천 리스트가 무용하다는 말의 방증일 것이다. 그러나 또한, 그럼에도 불구하고 내가, 또 다른 누군가가 계속 책을 추천을 하는 이유는, 우연히 만나는 문장 하나, 한 구절에 감염되기를 바라는 마음의 발로일 것이다. 나 역시 작가의 말 한마디, 인용된 단 한 구절 때문에 그 책을 읽고, 작가에 빠지게 된 경험이 적지 않기 때문이다. 우리는 어떤 말 한마디에 사로잡힐지 결코 알지 못하기 때문에 항상 열려 있어야 한다. 감동받을 준비, 느낄 준비, 생각할 준비, 받아들일 준비가 되어 있어야 한다.

마지막으로 '스스로 책 고르기', 그리고 그렇게 고른 책 즐기기의 비법이랄까 비밀이랄까를 밝히자면 이렇다. 좀 시시하다 생각할지도 모르겠지만 그것은 바로, 아무리 재미없어 보이는 책이라도 그 책의 미덕을 발견하려고 애쓰는 거다. 책 전체를 통틀어 의미 있는 한 구절, 대화 한 마디를 발견했다면 그 책은 그 나름의 쓰임을 다했다고 생각하면 된다. 아마 그 책이 아니었다면 결코 그 의미 있는 한 구절, 한 마디를 우리 인생에서 만나게 되는 일은 없었을 테니 말이다.

우리가 다른 시도를 해야 하는 이유

『강철의 연금술사』의 작가 아라카와 히로무의 다음 작품 『은수저』는 다소 의외의 주제였다. 농고 이야기라니… 축산과 농업 이야기라니… 이걸로 만화가 되는 거야? 싶었지만 『강철의 연금술사』를 만들어 낸 분이니 믿어야지, 믿을 수밖에….   도시에서 명문 중학교를 나온 주인공이 입시 스트레스로 시골 농고에 진학하면서 겪는 에피소드를 잔잔하게 담고 있는 『은수저』는 공부 말고는 해본 적 없는 고등학생 남자 아이가 '진짜 노동' '진짜 삶' '진짜 관계'를 만들어 나가는 이야기이다.

주인공 하치켄 유고는 어느날 말을 타게 되는데, 처음으로 말을 타고서 어떤 이상함을 느낀다. '그냥 높기만 한 게 아니라 살아 있는 걸 타고 있으니까, 높은데도 땅과 이어져 있는 기분이 들어.'

이에 선생님은 말한다. "그저 높은 곳에 올라가기만 해서는 이런 감각을 얻을 수 없습니다. 말의 도움을 받아야 비로소 얻을 수 있죠."

"자기와 다른 종족, 가치관, 출신과 성장과정… 미지의 존재와 만나 비로소 얻을 수 있는 것이 있습니다."

이 말이 어찌나 아름답게 느껴지던지…. 다른 존재를 만나는 것, 미지의 존재를 만나는 것이 가능하게 하는 다른 차원의 세상이 있다. 그 자리에서 하던 일만 하고, 만나던 사람만 만나고, 익숙한 일만 한다면 결코 경험할 수 없는 차원이 다른 세계. 주인공은 말등에 올라타는 것만으로 그 '다른' 세계를 살짝 엿보게 되는데 이 장면에서 나 역시 그 세계를 함께 본 느낌이 들어 심장이 뛰고 말았다.

도시에 있었더라면 타지 않을 말을 타고, 도시에 있었더라면 먹지 않을 것을 먹고, 도시에 있었더라면 하지 않았을 새벽에 일어나 노동하는 일들이 주인공 유고를 천천히 바꾸어 놓는다. 그리고 이렇게 평소라면 하지 않을 일을 하는 것으로 우리의 인식의 지평이 달라지고 세계가 달라질 수 있다는 이 힌트를 나는 놓치기가 아쉽다.

우리가 평소에 다른 시도를 해야 하는 이유를 생각해 보면 우선 내 인생에서 중요한 일은 나와 밀접한 관계 속에서 나오지 않고 다소 헐렁한 관계에서 일어나기 때문이다. 반드시 친한 사람끼리의 관계, 반드시 나와 밀접한 관계를 가진 사물들만이 내 인생에 영향을 미친다고 생각하면 틀리다. 오랜만에 만난 예전 친구가 하는 말 한마디, 친구의 친구에게 전해 들은 어떤 이야기, 우연히 손에 잡은 책, 어떤 물건이 인생을 송두리째 바꾸기도 한다. 내게, 살면서 중요한 전환점이 되는 일들은 주로 그런 식으로 일어났다. 일이나 사람이 그랬고, 책과 영화가 그랬다. 그 일이 있은 후 내 삶은 이전과 같지 않았다. 이런 우연과 느슨한 연대에서 비롯되는 '계기'들을 인지한 이후, 나는 마음을 여는 일이 보다 쉬워졌다. '평소라면 하지 않을 일' '평소라면 먹지 않을 음식' '내가 혼자 생각했더라면 하지 않았을 결정' '내 취향이 아니라고 생각해서 들춰 보지 않던 책이나 영화'를 기꺼이 받아들인다. 그리고 그럴 때 나의 세계가 확장됨을 느낀다.

판타지는 내 취향이 아니라고, 손을 내젓고 있었더라면 나는 내 인식의 지평을 넓혀준 드라마 「닥터 후」를 만나지 못했을 것이고, 외국 음식은 냄새가 너무 강해 못 먹겠다고 코와 입을 계속 막고 있었더라면 음식 세계의 새로운 지평을 열어 준 고수와 다른 향신료들을 모른 채로 살았을 것이다. 나는 이렇게 '원래는 내 몸과 마음에 이질적이었던 것들'을 만남으로써 확장된다. 우리가 잘 알지 못하는 것에 마음을 열어야 하는 이유다. 내가 아는 것보다 알지 못하는 것이 훨씬 많다는 것을 받아들이기만 해도 많은 것들이 달라진다.

우리는 단 하나의 목소리만 내지 않는다. 우리는 다른 여러 곳에서 목소리를 얻는다. 이것이야말로 불꽃이다.

— 칼럼 매캔, 『젊은 작가에게 보내는 편지』

우리는 타인으로부터 우리의 목소리를 얻는다. 우리는 타인으로부터 우리의 생각을 얻는다. 우리는 외부와의 만남을 통해 우리를 만들어 가는 것이다.

세상에 열린 자세를 취해야 한다. 영감을 받아들일 수 있는 민감한 상태여야 한다. 보편적인 생각은 신문에서, 지하철에서 엿들은 한마디에서, 가족의 추억이 아로새겨진 다락방에 잠자고 있던 이야기에서 시작될 수 있다. 사진 한 장이나 또 다른 책에서 시작될 수도 있고, 아니면 이렇다 할 이유 없이 불현듯 생각이 떠오를 수도 있다.

— 『젊은 작가에게 보내는 편지』

우연히 들은 한마디, 우연히 집어들은 책이 우리의 구원이 될 수 있다는 것을 아는 나는, 아니, '믿는' 나는, 칼럼 매캔의 말을 받들어 우리 모두 세상에 열린 자세를 취해야 한다고, 우연에 감사하고, 손에 걸리고 귀에 걸리고 눈에 걸리는 것들을 놓치지 말아야 한다고 말하고 싶다.

저자가 본문에서 언급한, 그리고 강력추천하는 책들

프란츠 카프카, 『변신』(단편전집), 이주동 옮김, 솔, 2017

데이비드 포스터 월러스, 『이것은 물이다』, 김재희 옮김, 나무생각, 2012

장 피에르 뤼미네 · 마르크 라시에즈 레이, 『무한』, 이세진 옮김, 해나무, 2007

어니스트 헤밍웨이, 『노인과 바다』, 이인규 옮김, 문학동네, 2012

조너선 캐럴, 『웃음의 나라』, 최내현 옮김, 북스피어, 2006

베른하르트 슐링크, 『귀향』, 박종대 옮김, 시공사, 2013

David Foster Wallace, *Pale King*, Back Bay Books, 2012

레이먼드 카버, 『내가 필요하면 전화해』, 최용준 옮김, 문학동네, 2015

오종우, 『예술 수업』, 어크로스, 2015

우미노 치카, 『허니와 클로버』, 서현아 옮김, 학산문화사, 2011

도널드 스터록, 『천재 이야기꾼 로알드 달』, 지혜연 옮김, 다산기획, 2012

한은형, 『어느 긴 여름의 너구리』, 문학동네, 2015

케이트 글래스먼 외 지음, 『해리포터 이펙트』, 포터헤드 16인 옮김, 엑스북스, 2016

김미경, 『서촌 오후 4시』, 마음산책, 2015

로렌스 스턴, 『신사 트리스트럼 샌디의 인생과 생각 이야기』, 김정희 옮김, 을유문화
   사, 2012

최은주, 『책들의 그림자』, 엑스북스, 2015

김미경 외, 『자소서를 프로듀스!』, 엑스북스, 2015

칼럼 매캔, 『젊은 작가에게 보내는 편지』, 이은경 옮김, 엑스북스, 2018

T.C. Boyle, "Chickulub" (*The New Yorker* 수록)

윌리엄 포크너, 『내가 죽어 누워 있을 때』, 김명주 옮김, 민음사, 2003

제니퍼 이건, 『킵』, 최세희 옮김, 문학동네, 2011

가쿠타 미쓰요, 『보통의 책읽기』, 조소영 옮김, 엑스북스, 2016

Donald Bathelme, "Balloon" (*The New Yorker* 수록)

댄 헐리, 『60초 소설가』, 류시화 옮김, 엑스북스, 2015

로버트 콜스, 『하버드 문학 강의』, 정해영 옮김, 이순, 2012

로저 이버트, 『위대한 영화』, 최보은·윤철희 옮김, 을유문화사, 2006

엘리자베스 스트라우트, 『올리브 키터리지』, 권상미 옮김, 문학동네, 2010

제임스 우드, 『소설은 어떻게 작동하는가』, 설준규·설연지 옮김, 창비, 2011

브렌다 유랜드, 『글을 쓰고 싶다면』, 이경숙 옮김, 엑스북스, 2016

엘리너 와크텔, 『작가라는 사람 1, 2』, 허진 옮김, 엑스북스, 2017

강용혁 외, 『왓더북?!』, 엑스북스, 2014

찰스 백스터, 『서브텍스트 읽기』, 김영지 옮김, 엑스북스, 2016

밀란 쿤데라, 『커튼』, 박성창 옮김, 민음사, 2012

블라디미르 나보코프, 『사형장으로의 초대』, 박혜경 옮김, 을유문화사, 2009

David Lipsky, *Although of Course You End Up Becoming Yourself*, Broadway
    Books, 2010

아라카와 히로무, 『은수저』, 서현아 옮김, 학산문화사, 2017

엑스플렉스x엑스북스 블로그에서 <디어리더>는 계속됩니다.

blog.naver.com/xplex

디어 리더 ─ 젊은 독자에게 보내는 편지

지은이 임유진

발행인 유재건 | 편집인 임유진 | 펴낸곳 엑스북스 | 등록번호 105-91-96264호

주소 서울시 마포구 와우산로 180 (4층 402호)

대표전화 02-334-1412 | 팩스 02-334-1413

초판 1쇄 발행 2018년 8월 10일

엑스북스(xbooks)는 (주)그린비출판사의 책읽기·글쓰기 전문 임프린트입니다. 이 도서의 국립중앙도서관 출판예정도서목록(CIP)은 서지정보유통지원시스템 홈페이지(http://seoji.nl.go.kr)와 국가자료공동목록시스템(http://www.nl.go.kr/kolisnet)에서 이용하실 수 있습니다. (CIP제어번호: CIP2018023789)

ISBN 979-11-86846-33-9 03800